KB067616

바람의 길

읽고 싶은 시_03

바람의 길

한성근 시집

인문MnB

● 시인의 말

언젠가는 나란한 두 선이

한 점에서 만나는

가던 길 마음 놓고

마음 붙여 가 봐야 할 텐데

어느 날의 쓸쓸한 절규를

잠시간 잊을 뻔했다

어디가 시작이고 끝인 줄 몰라

날마다 길에서 길을 물으며

바람의 길을 여는 수밖에

어찌할 별난 도리가 없을 듯싶다

2021년 초봄에

한성근

차례

제2부 미처 깨닫지 못한

제3부 잊은 듯 잊힌 듯

제4부 그렇게 한결같이

제5부 고독한 용기

제1부

나에게 하는 말

여미는 옷깃

헛된 집착의 유혹에 매달려
넘치도록 질척거리던
눈에 밟히던 날들을 불러내어

어느 때쯤일지 알 수 없지만
저물어 가는 길에 환한 얼굴로
바람의 손을 덥석 잡을 수 있을까

두 눈은
떨리는 가슴의
남겨진 시간을 부여잡고

마음은
그리움의 끝을
알리고 있을지 궁금해진다

정중하게 머리를 조아리며
살아가는 이유 읊어 보아야겠다

부지불식간에

맺힌 땀방울로 범벅이 된 사람들이
어둠에 싸인 더 외로워진 밤으로
무릎을 껴안은 채 옮겨 간다
외로 기울어진 잠결에서도
이제는 빈 둥지만 남아
나오지도 않는 긴 한숨 몰아쉬는데
하루살이 같은 한뎃잠 뒤로 한 채
어느새 자취를 감춘 가슴까지
차오른 수심 깊은 싸늘한 밤에
놀란 눈망울 둥그렇게 멀어져 가고
메아리만 남겨진 목메인 소리소리
기억해낸 눈물겨운 시간들은
희미한 불꽃을 성큼성큼 토해낸다
기척도 없이 불시에 들이닥친
끝 모르는 길에서 지난날 귀 기울이던
꿈같은 모습에 넋을 놓았다 할지라도
변한 것은 그냥 그대로 아무것도 없었다

하마터면 잊을 뻔한

먼동이 서둘러 밝아 오기도 전에
지새는 달이 기어이 사라지고 나면
무시로 애간장 저미는 애달픈 소리
허공을 깨우며 드넓게 퍼져 나간다
쉴 새 없이 울면서 하루를 시작하는
참으로 유별난 생명도 있구나 싶어
가슴 뭉클한 소용돌이에 휘말린다
시간이 흐를수록 생각은 늘어만 가고
깨달음 구하는 깊어가는 번민에
말할 수 없는 무거운 충격이 온다
보잘것없는 미물도 저토록 절실하게
자신의 삶에 온 힘을 쏟아 붓는데
제 꾀에 넘어가는 욕심 많은 사람들은
어찌 된 속셈인지 철없이 허둥대며
부끄러운 흔적을 한사코 남기려 한다
진정 어린 삶은 매 순간 옷깃을 여미는 것
술렁이던 적막이 일순 왔던 길을 지우면
그만하면 되었을까 환하게 웃는 빈 하늘

바람의 길

나는 지금 어디쯤을 걷고 있는 것일까

조금은 헐거워진 시간의 한 모퉁이에서
누구도 가보지 못한 날들을 본 것처럼

언제나 없이 행간을 읽어 내려가는
거침새 없는 작은 꿈 떠올려 보며
벌판에 홀로 남겨진 듯이 서 있다

기억의 내면이 뚜렷하게 기록해 둔
내가 없는 날들의 위태로운 모습을
이렇게밖에 생각할 수 없다는 것은

너무 낯설어 이르지 못해 분별없어진
찰나의 나락에서 차라리 숨을 고르자

어디가 시작이고 끝인 줄 몰라 가뭇없어진
수많은 숲 속 나무들의 틈바구니 사이로

쉼 없이 빠르게 가는 것들을 두려워하며
언젠가는 평행한 두 선이 한 점에서 만나는
가던 길 마음 놓고 마음 붙여 가 봐야 할 텐데

살아온 날들 뒤로한 채 한 걸음 나아가서
다가갈수록 까마득히 자꾸만 멀어져가는
상앗대질하며 날 세우는 손가락이 없고

불행히도 변명만 하는 양심도 없으니
한바탕 뛰놀다 가는 것이 아니라면
길이 흔들릴 때마다 두 손 꽉 잡고서

넘어진 몸을 일으켜 앞에 세우고
길에서 길을 물으며 바람의 길을
날마다 여는 수밖에
어찌할 별난 도리가 없을 듯싶다

마음먹기 나름

섭리에 따르는 자연은
늘 그 자리 그대로인데
눈앞 욕심에 사로잡힌 사람들은
시시각각 중심이 흔들린다
가지면 가질수록
삶의 질이 향상되어
근심 걱정 사라지고
더 이상 부릴 욕심 없을 세상이
내 것이라 했을 터인데
없으면 없는 만큼
가탈부리는 욕심의 크기
눈덩이처럼 자꾸만 자라나서
키우기 위해 헛수고 아끼지 않은
행동이 수상쩍다 했던 대로
어쩌지 못하고 양심 무너지는
슬픔 가득한 한순간의 쾌락은
쥐뿔만도 못한 보잘것없어
차라리 평범해지자 인생이여

파안대소

새김질한다
긴 그림자 잊혀진 길에
부질없는 넋두리만 늘어놓던 철 지난 시절
고개 돌려 한참 만에 먼 눈길을 두어
홀연히 회상에 잠겨 뚜렷해지는 기억들을
활동사진처럼 다시금 새김질한다

어처구니없는 것들을 내려놓고 앉아
파르르 떠나는 잎사귀처럼
쪽빛보다 더 슬픈 흔적들을 천천히 불러
환하게 밝혀 둔 숲 속 깊어진 곳에
비밀스레 남겨 두고 돌아서려는 찰나

화들짝 보이지 않는 길 안쪽으로
들어서는 발자국 위에 잠깐 스쳐간
헐거운 바람이 참았던 웃음을
고단한 허공 쪽으로
한꺼번에 터트리고 있는 것이다

막다른 골목

얼마나 다행인지 모르겠다

더 이상 끝닿을 데가 없어
수직으로 앞이 꽉 막혀 버린
버거운 현실의 마지막 배수진

흙먼지 뒤집어쓴 땀에 젖은 채
보이지 않는 길 찾아 나섰던
부질없던 달뜬 마음 차라리
보는 사람 아무도 없으니

꿈꾸던 마음이 없었다면
여기까지 올 하등 이유 없어
고상한 삶은 얼마나 비루했을까

누구에게나 위안이 되고 싶은
어둠이 있었기에 밝음이 있는
두 발을 딛고 선 간절한 목마름

비어 있는 것들의 고즈넉한 고요를
알아차린다는 것이 천상의 선인지
뒤돌아보면 몇 걸음 안되는 길을
그렇게 발버둥치며 왔었나 보다

잠시 보이지 않는 여백을 향해
흔들리며 걸으며 또 흔들리면서
이제는 앞만 보고 나아가면 된다

마치 아는 길
눈 밝은 듯 환한 웃음으로

풍경소리

텅 비운 듯이 꽃자리 진
고즈넉한 처마 끝에서
욕심에 젖은 얼굴 씻어 내며
눈을 뜨는 애먼 사람들이
이지러진 마음 이기지 못해
제 몸 바람결에 내맡긴다

정처 없는 곳을 헛도는
공연스러운 상념들을
무작정 인내로 감싸 주는
어머니 자장가처럼 정한 소리

까마아득한 허공 가로질러
조바심치다 먼동 틀 무렵
세파에 발가벗겨진 채로
바동거리던 길 잃은 발걸음

하늘가에 귀를 대고 깨어 있어라

나에게 하는 말

남들과 비교하려 하면
비켜나는 고요만 남아

생각을 말자 되뇌어 봐도
자꾸만 번민에 드는 것은

곁핍이 건네 오는 포만과
포만이 안겨 주는 곁핍을

두지 않는 마음 한 가지는
기억하며 명심하라는 말씀

아득한 하늘로 날개를 펴
동그맣게 날아오르고 싶은

나아갈 길에 막힘 없도록
낯선 두려움 일깨워 준다

끝은 또 다른 시작이다

선달 문턱 넘어선 날에
에돌아가는 여우비가
선뜻 나서지 못하고
파르르 떨면서 내린다
꽃잎 환하게 흐드러지다
숨 죽이며 숨 넘어가던 시절
엊그제 같은데 한참 동안
우두커니 서 있는 나무들
놀란 눈이 글썽글썽하다
뒹구는 가랑잎 몸을 웅크려
싸늘한 전율을 쏟아 붓는데
얼어붙은 끝닿은 땅 위에서
이따금 긴 한숨 같은 바람이
부르튼 입술로 안부를 묻던
하나같이 실없이 중얼대는 말
흩어진 꽃잎은 어디로 갔을까
휑하니 빈 가슴 끌어안은 채
아무도 모르게 어디로 갔을까

꽃씨를 품에 안고

새잎 하나 피울 날

먼먼 길을 손꼽아 기다리며

벗은 계절의 모습에

화들짝 놀라 모두다

빈손 들고 태어났다고

어둠 가득 채운 까마득한 길도

끝이 아니고

또 다른 시작이라고

꽃피우다 지던 날 서러워하지 않으리

뉘우치다

제 무게를 내려놓을 때마다

참을 수 없는 아픔을 참아내며
어두운 난간 끝에 매달아 놓은

절박한 맹세를 눈물로 닦는다

저만치 오래도록 서서
잇대어 돌아보지 않으려는

촘촘한 세상에 초대받은 것처럼

행간에 머무는 차디찬 눈동자의
감춰진 모습을 떠올려 본다

노래하던 수많은 사람들이

영원을 기원하다 끝내는

그토록 처연히 뒤엉켜 부딪히며

갈 곳마저 사라진 얼빠진 맨발
넋이 나간 듯 끌어안은 채

길을 묻는 돌이킬 수 없는 눈길로

어쩔 줄 몰라 한마디 말도 없이
놀란 가슴 가라앉히며 맴돌고 있다

알아차렸을까

만나면 언제나 없이 헤어지고
떠나고 난 뒤에는 다시 이어지는
자연의 순리를 찾아

기가 차서 덤벼들지 마라

허공 가르는 들숨 날숨
몰아세우다 내 자신이
유한하여 불완전한 존재인 것을
마침내 알아차린다면

참으로 다행스러운 일이다

한참을 자세히 보아도
겉모습 변함이 없는데
속마음만 속닥이고 있구나

또 하루가 빠르게 지나고 있다

생각지도 않게

쇠털같이 하고많은 날에
소문처럼 떠도는 영혼이

한 번도 만난 적 없는
헤아릴 수 없는 사람들의
허공 휘젓다 추락하는 모습
조롱하듯이 비웃적거릴 때

하루에도 수십 번씩
깨진 거울에 비친
자신의 참모습을 바라보며
허무한 망상에 숨 막히는 순간

소리 없이 감기는 두 눈이
한참을 소스라치다 쏟아내는 탄성

끝 간 데 없는
엉망진창에 빠져 버렸네

일상

지평이 헤쳐진 곳을 일렁이며
주저하는 마음 가다듬은 뒤
묵묵히 발걸음 옮기고

저 넓은 어디에서 이따금
길을 잃어버릴 뻔도 한데
단 한 번도 잃은 적 없는

어스름 아침이 떠오른 동녘에
서슴없는 저녁 얼굴을 내민다

아랫목에 등을 맡기며 하루쯤
피곤한 몸을 뉘일 법도 한데

한결같이 일정한 방향으로
고락을 나누는 해와 달과
약속처럼 발맞춘 사람들이
적막에 젖어 드는 밤이 오면

오름이 멈춰진 곳에서 내려다본다

바람과 파도와 새들의 노래 속에서
허리를 곧추세운 둥그런 우주가
오래도록 꿈속에서 꿈을 꾸려는
저마다 일들을 충일하게 끝내고

휘황한 푸른빛을 바람에 담아
어디쯤을 다람쥐 쳇바퀴 돌듯
수레를 끌며 걸어가고 있는지
장엄한 하루가 저물어 가는데

마음을 다하다

가쁜 숨 몰아쉬던
열정이 지나는 동안
영원히 지속될 것처럼
눈부시게 어리석었던
구성없는 날들을 헤아려
한 꺼풀씩 벗어버리고
목이 메어 더할 수 없는
가슴의 속내를 흔들어
무기력한 하루하루를
애처롭게 채찍질한다
처진 어깨가 생각에 잠겨
아직 남아 꿈틀대는 온기
한때의 꿈을 끌어당기지만
막다른 골목의 남루한
희망 좇아 불사르던
부끄러운 날개를 접어
몇 개의 어둠이 비틀거리고
지금 나는 넘어진 것이 아니다

조금 느린 속도로 가는 것이다
티끌 같은 소소한
조바심치는 고독을
이제는 벗어던지자
섬광처럼 찬란한 새벽빛
어깨 위로 부풀어 오르는
서두르지 않는 목마름이
침묵에 숨어 적막 깨우는
바람의 노랫소리 들으며
소박한 손길이 펼쳐 놓은
삶이 어우러진 길 위에서
넓고 큰마음 서로를 기댄다

아무쪼록 건투를 빈다

일찍이 길을 나선 할 일이 많은 사람들이 끝장을 보고 말겠다는 어수선한 발자국을 세어 가며 제 몸의 방향을 가늠해 보지만 반기는 곳이 없어 딱히 가야 할 곳도 없다 할 일이 없어 놀고먹는 사람의 하루치 일용할 양식은 얼마나 될까 부르터진 다리를 절뚝거리며 그럼에도 불구하고 걸어가다 풀려 버린 뼈마디를 조여 가며 또다시 발을 떼어야 하는 황량한 날들이 서러워서 좀 더 덜 외로운 하룻길 생각에 온 마음으로 밤거리 떠돌다 만나는 티 없는 허공에 차마 보내지 못한 오늘을 날려 보낸다 어둠 속 누구 있어 가쁜 숨소리 죽이며 뒤척이는 소리 바람 속에서 선연하다 자세를 바꾼 태양이 한바탕 커다랗게 웃으며 맞이하는 내일을 위해 손뼉을 치며 아무쪼록 건투를 빈다

제2부

미처 깨닫지 못한

뒤돌아보다

돌이킬 수 없는 시간을 초월한
흩어지는 불빛의 흐름 속에서
잃어버린 푸른 꿈 좇아가던
젖은 순간들이 꿈틀거린다
지나온 자리 마음 하나로
뜨거운 숨결 어루만지며
빈 몸을 가뭇없이 누이면
어느새 생경하게 다가오는
얼룩진 소매 걷어 올린다
바람 무성한 창공을 뚫고
허리 펴고 내미는 햇살이
덜컹대는 내면의 갈증을
하나씩 하나씩 끌어안은
그림자 지는 뒤안길에서
무심한 주사위 내던지며
깃대에 나부끼는 기폭처럼
단 한 번의 마지막 기회인 양
끝도 모를 광야를 내달리고 있었다

지금 나는

고개를 바짝 숙인 채
마루터기 오르는 손수레
파지가 촘촘히 누워 있다

갈 곳 잃은 침묵의 언어들이
허물없이 내려앉은 것 같아

슬그머니 비껴나는 척
걸음의 너비를 가늠해 본다

안간힘 쓰며 비틀거렸을
발자국에 스며 밴 사연들이

문득 깊어진 시름에 잠기어
걸어오던 길 뒤돌아보는데

정신 들이어 푸른 꿈 드리우던
지난날의 가쁜 숨결 속에서

헛디딘 발목 무심결에 감싸 안아
너무 멀리 와버린 지금에서야

붙임성 좋은 집착을 버리는
웃음기 잃은 제 모습에 놀라
에워서 돌아가는 길이 어지럽다

장미꽃이 지다

거침새 없이 고운 자태 자랑하던
꽃송이들이 환한 광채를 잃어간다
계절의 여왕도 자존의 절정을 지나면
날개를 접은 초라한 촌부의 그늘처럼
세상의 눈에서 한순간에 멀어지는구나
장밋빛 미래 영원을 꿈꾸던 사람들도
외로 지나 바로 지나 스러지는 꽃잎을
공연히 외로운 마음으로 바라보는데
허공에 번지는 긴 한숨 같은 가느다란
화려했던 날들의 기척도 없는 기척에
문득 처연하게 떠오르는 얼굴 하나
선뜻 나아가지 못한 낯선 이별 앞에서
다시 오기 위하여 오직 떠나는 것이다
이제는 한 줌 향기로 남겨진 꽃 진 자리
저만치 붉은 담벼락 에돌아 지나치며
머뭇거림도 없이 미명에 길을 나서는
앞서가는 바람의 휘청거리는 뒷모습
저 혼자 우두커니 바라보고 있다

먹장구름

왁자지껄하던 거리에 휑한 눈으로
얼굴 반쯤 동여맨 사람들이
어리둥절 두리번거린다
성글게 휘감아 도는 낯가림에
귀를 세우고 여기저기 휘둘러본다

때맞춰 지나가던 바람 가재걸음 치다
발부리에 밟힌 객쩍은 이파리 하나 주워 들고
밟혀 해진 곳 꿰매어 귀걸이에 걸면
머지않아 먹장구름 장막에 갇혀
한참을 강다짐 끝에 치도곤을 당할 거야

아직도 드러내지 않는 정체를 숨긴 채
대낮에 마른벼락 치듯 건밤 불사르다
마른기침 번갈아 가쁜 숨 몰아쉬던
코로나바이러스 복마전에 불려 나와
머물던 시간이 사라져도 남아 있는
공포에 사로잡혀 아우성치고 있다

경로 이탈

소용돌이치는 세월을 향해
힘차게 옮기면 옮길수록

궤도를 벗어난 불협화음처럼
낯익은 길은 점점 낯설어지고

미로에 빠져드는 갈등의 발걸음
정해진 길을 외면하는 것 같았다

슬그머니 등 돌리던 불안한 눈빛들이
주춤하는 마음 순식간에 덮어 버리면

차라리 그대로 멈춰 서고 싶었다

당신은 경로를 이탈하였습니다

더할 수 없는 길 찾지도 못한 채
단 한 번 말한 적 없는 오랜 침묵

끝도 시작도 알 수 없는 길 위에서
방향이 없는 귀청이 떨어지도록
어지러운 경고음을 내뿜는데

제 속 거꾸로 뒤집어 비우고 있는
언덕 너머 저편 쓸쓸히 머물던 자리

마음 합하여 진중히 살아야 했었다

몽니 궂다

기어이 한바탕 결판을 내려는 것일까

단 한 번도 지상에 온 적 없는 것처럼
닫아 둔 채 망가진 문까지 열어젖혀
참았던 분노 냅다 쏟아 붓고 있다

꿈쩍 않는 길조차 지워 버리려는 듯
살아 숨 쉬는 우주 만물의 생명체 위로
정신 나간 천둥 번개와 짝을 이루어
몽롱한 제 몸 던져 심술 놓는 소리
이 세상 모든 발목을 잡아채 버린다

저토록 무섭게 떨어지는 허공의 눈물이
어쩌지 못하고 땅속으로 스며들어
두려움 없이는 머무를 수 없는
넓고 큰 바다로 길 따라 나아가고

거칠어진 물세례 한참을 가물거리면

얄미운 심정 어떻게 표현해야 할지
괜한 마음 경이로운 생각마저 든다

근심 쌓인 눈과 귀와 머릿속이
차마 주체 못할 변명만 늘어놓고
망연히 바라다보는 요동치는 산마루에
우선하던 빗줄기 함부로 거세지면

도대체 몇 날 며칠 가야 그칠는지
갈 데 없는 여름이 온통 젖어 들고 있다

망연자실

차마 믿을 수가 없어

바람이 잔뜩 때리고 간
두 뺨을 어루만지며

낯설지 않은 땅 위의
부질없는 햇살이 서러워

두 눈을 내리 감고

벌써부터 흔적을 지워 버린
서러움에 젖은 발자국 앞에서

멍하니 초점 잃은 눈빛으로
얼음장 같은 허공만 바라보네

손바닥의 크기

손바닥으로 하늘을 가린다는 황망한 말뜻을 헤아리지 못하고 아무리 뛰어 보았자 부처님 손바닥 안에 있다는데 저 광활한 하늘을 감추려고 입에 마른 침을 바른다 눈 깜짝할 사이에 태도를 바꾸어 허튼소리를 하늘에 올려놓고 눈 가리고 아옹다옹하듯이 진실을 은폐하려 손바닥으로 하늘을 느닷없이 덮으려 한다 하늘은 요술에 걸려 한결 작아지고 손바닥은 여봐란듯이 점점 커진다 훤히 보이는 하늘이 참 작기도 하다 만약에 하늘이 쏟아져 내려 어쩌다가 손바닥을 덮어 버리면 숨기려는 거짓은 덮어지고 진실은 사라지는 것이다 아무도 알 수 없는 오직 나만이 알 수 있는 천둥벌거숭이 같은 생각이 번개처럼 뇌리를 스쳐간다 손바닥으로 하늘을 덮어 버리면 날아가는 새도 모르게 깨끗하게 끝나는 거야 그리고 나서 폼 나게 휘파람을 부는 거야 마침내 손바닥이 움직이기 시작하자마자 지레 겁먹은 듯 하늘이 움찔한다 눈을 가려도 세상은 다 보이는데 안 보이는 것은 자신뿐이라는 것을 자신만 모르고 있다

공염불空念佛

요란스럽게 반짝이던 나뭇잎이
주름진 얼굴로 어느 천년을 나부끼면
본디 가지고 온 것이 아무것도 없었는데
가득 채워 무거워진 불편한 마음
세월 차츰 지나갈수록
지친 몸과 마음 추슬러 내려놓고
좋은 벗 삼고초려해야 한다고
웬 호들갑 이다지 피워 대는지
새벽부터 카톡 카톡 울어 댄다
좋은 글 중에서 퍼 나른다고
잠 못 이루는 사람 어디라 없이
기다렸다는 굼뜬 손가락으로
댓글 매달아 줄지어 달리면
자지러지며 숨 넘어가는 소리
공연한 고요를 흔들어
한바탕 염장을 지른다
혹독한 된서리에 발가벗겨진 나무들은
초록 무성한 날들과 어떻게 이별하였을까

도량이 넓으면 그렇다손 치더라도
근원을 파헤치는 바람도 다소곳이
허공 밖 마음의 눈치 살피는 중인데
삶의 마지막 순간까지
제아무리 생각을 키워도
끝끝내 지켜지지 못할 것 같은
겉과 속 다른 몸짓이 요란스럽다

엇박자

아무리 생각해 봐도 한 줄기 빛은
안타깝기 그지없이 보이질 않아
힐끔 훔쳐보던 굵은 빗줄기가

예사롭지 않는 주문을 외우듯
사정없이 수직으로 곤두박질치며
어둠을 빗물고 스며들고 있었다

길을 잃은 흐릿한 꿈속에서도
우연히 마주친 인연
어찌할 줄 모르고

진실과의 만남은 가슴을 치며
시야에서 무시로 멀어져 갔다

믿을 수 없어 축 처져 있는 어깨
다시는 그런 모습 되풀이 말자고
조바심치는 마음 졸여 걸음 옮길 때

아픔을 안겨준 잃어버린 기억들이
형체도 없이
어지럽게 흩날리는데

진흙탕에 구르면서도 자신을 감춘 채
겉과 속 다른 사람들이
자꾸만 헛디디는

망연한 길 위로
왼종일 짓궂은 비가 쏟아지고 있다

밤을 패다

인정머리는 처음부터 찾을 수가 없는
아예 내막을 모르는 손에 내팽개쳐졌다
초록 빛깔에 휘감겨 솟구치던 꽃잎이
수직으로 낙하하는 박수 소리도 없었는데
이젠 별수 없이 모호한 몸이 되어 버린 게야
중심에서 멀어지며 곤두박이치다가
제 몸의 무게를 내려놓고 몸져누워 버린
잔생이 말 안 듣는 무언가를 부정하며
질곡의 신음소리 쏟아내고 있었다
대체 바람은 어디로 가려는 참이었을까
초조한 마음 두드리는 떠나갈 채비에
뒤따르던 그림자마저 사라진 아뜩한 어둠 속
시간을 거슬러 오르는 어디쯤에서부터
눈이 가는 길을 무시로 거부했어야 했을까
사람들은 자꾸만 몰려왔다 몰려가고
밤은 미친 듯이 짙은 먹물을 토해낸다
고독한 방관자가 되려 함인지
두려움에 싸인 희미한 얼굴들이

체면에 몰리어 깊은 한숨 속으로
발자국도 없이 숨어 들어갔는지
아무도 다시 찾아오는 기척이 없다
내 고적한 날들도 이제 끝이 나려는가
한 번도 본 적 없는 바람의
반쯤 감은 눈에 길을 묻는
썰렁해서 슬픈 아침이 분분하다

미처 깨닫지 못한

욕심의 포로 되어 사뭇 헛불 놓다가
건강을 잃으면 무수히 많은 재물도
소용에 안 닿아 무용지물이 된다

현실과 생각이 끔찍하게 뒤엉켜
오랫동안 비장한 결심에 들어도
아주 미묘한 간극 구분 안 되어

언제 가득히 돈을 쌓아 놓고
아파 봐야 자세히 알 것 같다

가진 것 없어도 성성한 몸으로
그나마 땅 위를 걸을 수 있다면
구겨진 마음 한 부분 간신히 접어
하루도 안 거르고 허겁지겁 가는데

누군가 뒤통수를 긁으며 뉘우칠까 봐
불면의 밤은 맨발인 채로 양 떼를 몬다

텅 비우다

어지럽게 얽혀 휘청거린 허공의 번민

돌멩이 같은 단단한 마음속을 태우며

끊임없이 생겨나서 초연히 사라지고

천지간에 매달린 온갖 가지 집착마다

늘 그대로 모른 척 근원을 뛰어넘어

존재하는 아무것도 영원할 수 없으니

끝닿아 도달할 수 있는 끝닿는 곳까지

몸과 마음 정갈히 씻어내는 샘물처럼

빛을 끌고 가는 무변한 세상의 길잡이

바람살

온종일 분에 겨워 성질 피우던 무리들이
잦아드는 듯 밤으로 들이닥치고 있다

이른 저녁 그래도 참을 만하다 했는데

거리낌 없는 거칠 일이 사무치도록
베풀어 주는 자비지심 찾을 길 없다

깊은 밤 들어서자마자 인사불성

지상의 유리창 두들겨 박살을 내고
뿌리째 뽑은 나무로 난장판 친다

낮은 포복 비행기 얼차려 시켜
배들을 꽁꽁 묶어 뒷짐 지우는
바람의 난도질 지켜보던 달빛이

부서지고 흩날리는 모습 지우려는지

눈알의 언저리가 짐짓 풀리려 한다

무섭도록 거대한 태양이 햇살을 일렁이자
공포에 지쳐 수척해진 모습 바라다보던

밤새 문풍지에 붙어 허풍 떨던 바람은

허공 어디쯤으로 줄행랑 보이지 않고
비로소 가벼워진 마음이 일상에 서 있다

머물던 자리

가슴으로 다가와
자꾸만 서슴거리는
풋잠 같은 추억들이
발을 동동 구르며

안부를 물어오는
마음과 몸짓을
애써 외면하며
슬픔에 잠길 때

기다림에 지쳐
아우성치는 방황을
주저앉혀 놓은 채
지켜보고 있습니다

떠나오고 나서 한참을
생기 잃은 무질서한
시간 속으로 스러지는

발걸음 아플지라도

진정 잊어야만 할
안쓰러운 한마디
머물던 자리에
그새 생각은 깊어

시간이 흐를수록
어둠에 찍힌 뒷모습
그리움의 불을 켜고
더욱 붉게 타오릅니다

야단법석

아무도 모르게 허공에 손사래를 치며 그렇게 떠났다고 한다 불현듯이 수군거리는 사람들이 순식간에 늘어나고 눈에 보이는 모든 곳에서 출처를 알 수 없는 셀 수 없는 소문들이 실시간으로 쏟아지고 있다 분명한 것은 다시는 그 사람의 모습을 볼 수 없을 것이라고 이구동음으로 사방에서 시끌벅적하다 시간이 흐르면 흐를수록 세상의 기억에서 기척도 없이 멀어져가는 절묘한 우주의 섭리가 반듯하게 숨어 있을 것이라고 한다 체념하는 듯한 담담한 눈빛을 한 채 인연의 끝자락을 놓고 먼지처럼 고개를 끄덕이다 어디론가 가고 있을 것이라며 입방아를 찧어 댄다 저마다의 이름이 새겨진 관을 떠메고 가는 사람들의 마른 발바닥에서 까무러치게 놀라는 소리가 소스라치고 있다 중심을 잡을 마음이 필요하다 만장처럼 나부끼는 날개가 필요하다 한없이 오랜 천겁의 세월 동안 한순간도 흔들려본 적이 없는 허공의 커다란 심장이 여전히 제자리에서 빈 주먹을 꽉 쥐고 순간도 평정심을 잃지 않으려는 맥박 수를 재고 있다 아무 일도 없었다는 듯이

제3부

잊은 듯 잊힌 듯

어지간하면 그냥 두세요

구불텅한 골목길 중간 한 켠에
테이블 네 개 차려 놓은
정남진 우리 식당 차씨 아저씨
십여 년 전 뇌출혈로 쓰러져
반쯤 죽어 가다 살아왔다고
솜씨 좋은 내자의 주름 잡힌 잔소리
사시사철 뒤통수에 매달아 놓는다
집안일 거들다 겸연쩍어지면
동네 한 바퀴 싸목싸목 돌고 돌아와
쑥이며 냉이며 온갖 것 채소
다듬어 주는 손길에 정성이 어린다
그놈의 술 좀 작작 먹으라는 투정에도
매 끼니 한 병의 소주 반주 삼아야
새파래지는 머릿속 달랠 수 있다고
싱거운 웃음으로 마음 달래는
어릿거리며 서글퍼지는 사연
우수 다음날 바람 속에 숨어들어
싸다니는 봄날을 싸디싸게 부르고 있다

속삭임

겨우내 짓누르던
시리도록 가득 찬 기운

바람조차 얼어붙은 언덕에
따뜻한 소식 하나 펼쳐 든다

허공 깊숙이 뿌리내리는
추워서 더 외로운 나무들이

가지 끝 푸른 잎에 설레어
깃을 털며 기지개 켜는 소리

사랑처럼 환희에 찬
오래된 기다림인 듯
그 손길 분주한
떨려오는 아득함에

들뜬 마음 담아 둔 채

새로운 빛에 이끌리는
생동의 정처 없음이여

숨 돌릴 새도 없이
가슴을 열어
봄빛을 담는다

한순간

한 치의 망설임도 없이 휘몰아쳐
단숨에 삼켜버릴 듯

위태롭게 열어 두었던 뒤란 문턱
소리 소문 없이 걸어 잠그고

한참을 지나쳐 버린 철없는 사람들의
초록 맨발 슬그머니 끄집어들일 때

웅크리며 침묵한 채
넋 놓은 햇살은
차갑고 어두운 바람에 몸을 숨긴다

잠깐 동안 내 몸을 맡겼을 뿐인데
금세 추레한 모습으로 움츠러드는

무의식 중에 둥글게 요동치던 마음이
남녘을 향해 사라지고 보이지 않는다

가을이 다 갈 무렵

추수를 끝낸 사연이 하도 많아서
더욱 쓸쓸해 보이는 허수아비처럼
말이 없어진 텅 빈 들판의 고요
조금 멀리서 바람이 다가오다 그만
얼기설기 뒤엉킨 속내를 내려놓는다

하늘에 떠가는 얇은 구름도
때로는 바쁘게 가더니
한참을 해찰하고
가뭇없어진 제 모습 바꾸어
어디론가 무슨 영문도 없이 사라져 가는데

귀 기울여 다독이는 여울목에서
더디게 지나가는 사람들의 아쉬운 모습을
시든 꽃잎에 명징하게 새겨 놓은 채
사위다 남아 있는 온기 매만지며
두 팔 걷어붙인 시절의 숨결을 거두어
이제는 낙엽 속에 가만히 묻어야겠다

안부를 묻다

멀어져 가는 그림자에 둘러싸인 채
불쑥 결별을 외친 모습이 떠오른다
무섭도록 가슴을 두드리던 사람아
미루어 생각할 수 없어 눈길 모은
초라한 마음에 한참 동안 스며들어
마침내 조금씩 어깨가 들썩거린다

수더분한 구경꾼들이 떼를 지어
지그시 슬픔 참고 몸을 낮추는
절묘한 순간 지켜보려 모여들고
뜨거워진 바람은 조바심 눈길로
쉴 새 없이 자꾸 손사래 치는데

잠에서 덜 깬 미몽에 홀린 듯
무수히 교차하는 지난날 여정
낮은 자세로 오래전에 떠나간
텅 빈 기억 한 줌 흔적을 찾아
시간을 거스르는 상념에 잠긴다

제 키를 은현히 잘라 짧아진 해가
서산 너머로 빗금을 그어 대는데
보이지 않는 알 듯도 한 얼굴은
어디에서 잠시간 쉬고 있는지
밀려오는 갈 곳 없는 그리움

옴짝달싹 못 하는 밤의 고요 속으로
침묵하는 하루가 내려앉는 이유를
오늘따라 유달리 궁금해하며
아무도 묻지 않는 안부를 묻는다
행간에 머물던 아리도록 그리운 이여
예제없이 착잡한 심중 읽을 길 없구나

잊은 듯 잊힌 듯

깊은 고요가 펼쳐 놓은 시야에
혁명처럼 온통 뒤집어엎을 듯이
줄곧 조바심 내던 무연한 마음
서슴거리는 벌판으로 스며들어
멈춤을 멈추고 끝없이 내려앉는다
더할 수 없는 시간 불현듯 속도를 내고
하나같이 기억 몽롱한 묵언의 소식을
다른 공간으로 옮기어 지워 버린다
불안감에 둘러싸인 텅 빈 사위에
맨 마지막의 서광이 찾아 들어
아무렇지도 않은 듯 흔들리고
또다시 떠오르는 검붉은 해를
신념도 없이 마주 보고 서서
북새통 떨며 바라볼 수 있을까
서러움에 겨운 무거워진 인내
한참을 머뭇거리다 떠나가는데
어둠 뒤 장막 뚫고 기지개 켜는
디딜 곳 없는 꿈이 설레고 있다

사무사思無邪

아득히 먼 먹구름 속을 감추기 위해
세상에 뛰쳐나오는 어두운 얼굴

흐려진 분별이 욕심의 눈을 가려
나쁜 일 추호도 생각할 수 없어

허황된 실상의 면면을 살피다가
이따금씩 방향을 바꾸는데

시간을 거슬러 가는 몸부림에 공연히
딴청을 피워 그럴듯하게 꾸미는 태도

못 본 척 지켜보는 사람들이
차마 한마디 말도 하지 못한 채

마음속 파고드는 아픈 글자들을
옹이에 마디처럼 새기고 있다

하루 또 하루

잠에서 바로 깨어난 맑은 눈빛으로
꼭두새벽부터 달려 나가는 발걸음

한밤중 넘어야 어둠 안 불 밝히는
스스러운 자신을 힘주어 위로한다

지칠 줄 모르는 세월에 치도곤 당하여
나직이 지어보는 내일의 낯없는 얼굴

산책 나온 팔자 좋은 애완견이 향유하는
부티 흐르는 차림새에 강샘을 쏟아내며
마른 발바닥 닳도록 내달리다 닿은 종점

구석 자리 한편에 시든 채소 위 머물던
넋 놓은 할머니 주름진 손 생각해 본다

냉락한 눈꺼풀에 하늘 포개어
새벽이 와도 내치락들이치락

조금이라도 맘을 붙여 놓아야 한다

가슴에 새겨 놓은 오래된 주문처럼
일상 있는 일 벌써부터 아우성인데

바람에 흔들리지 말자 반문도 전에
낡은 신발끈을 질끈 동여매고 있다

바람의 행방

밤새 무슨 일이 있었습니까

마치 천 길 낭떠러지 끝에서
미친 망나니처럼 길길이 날뛰다가

육중한 몸집 키우며 멀어져 간 바람이
어디쯤 제풀에 지쳐 널브러져 있는지
잠시도 시름 놓을 수 없어 좌불안석

돌고 돌아 제 힘껏 스스로를 내팽개치던
위태로운 모습 선연한 일그러진 허공에서
입술을 깨물며 날려 보내는 마지막 꿈을
넋 놓고 바라보던 부지기수의 사람들이

간밤을 기억하는 알 수 없는 순간들의
혀 꼬부라진 소리에 귀 기울이는데
티끌 하나 없이 밝아 오는 아침으로
거대한 해가 용솟음치며 떠오르면

더는 묻지 않으려는 심기 불편한
두려움의 행적들이 변명도 없이
언제 그랬냐는 듯 멈추어 서고

기억된 두려움을 생각하면 할수록
바람은 두려움을 다급히 몰아내며

밤새 아무 일도 없었습니다

애면글면

한 줄의 글도 떠오르지 않아
머리 싸매고 끙끙대고 있다
진실이 매몰된 시도 시라고
억지를 내세울 수 있을까
어둠 속 헤매다 막 도착한
저 홀로 남겨진 간이역에
온갖 것이 다 떠난 뒤에도
마음을 다해 밤을 관통하는
바람에 하늘거린 풀꽃이 있어
참담하게 슬플 일은 결코 아니다

적막에 들다

모르는 척 시나브로 노을에 물드는
어스름 내려앉은 동구 밖에서
어처구니없는 하루 일 끝마치고
고단한 몸 내던진 하루살이
온몸에 맺힌 멍울이 지지 않게
저 혼자 소슬한 별들을 훌치다가
여느 하늬바람 휘파람 소리에
천지사방 옛 추억이 몰려와
흥건하게 젖어 드는 내 마음
넋 놓은 듯 잠시 앉았다 간다

장맛비

한 치 앞을 못 보는 어둠 속에서
빗방울끼리 뒤엉켜 뒤틀린 발목을 잡는다

잔뜩 물먹은 두 발이 이대로 가면
어느새 녹이 슬어 바스라 질 듯
숨이 막혀 버릴 것 같다

떠날 때 잔뜩 짊어진 보따리가
버린다고 버렸어도 여기저기
어깨 위에서 고갤 내미는데

어둠은 짙어 가고 빗줄기는 빗발친다

어서 빨리 내려놓으라 후려쳐도
움켜쥔 두 팔 아무렇지도 않은 듯해

견디다 못한 지친 발목에 빗금 그어져
몇 발자국 휘청거리다 주저앉아 버린다

겁에 질린 잡동사니들 무사히 풀려나와
빗속을 헤매다 어느 친절한 사람의
왼손도 모르는 오른손에 걸려 버려지겠지

희미한 불빛 다가와 맨몸뚱이만 들쳐
메고 사라지는데 무정한 눈부처는
아무것도 기억하지 못한 체한다

지면의 온기마저 사라지고 일그러진
허공에서 빗줄기는 발길질을 해대고

사나흘 더 내릴 것이라고 으르고 있다

겨울 오솔길

마른 가지에 휘감긴 바람
갈 바 모르는 잎새 위로
차가운 눈총 쏘아붙이고

초록 무성하게 나부끼며
한 획을 그어 내뻗치던
한때의 찬란에 대하여

차가운 길목에 앉아서
지나온 길 돌아다보니
구멍 뚫린 바람도 많아

소리도 없이 부딪히며
커져만 가는 비명 소리
숨죽여 아파하는 모습에

가슴 한 켠이 철렁하여
나라말로 하얀 시를 쓴다

그 여름의 끝

유달리 빨리 온 무더위 수상하다 했더니
밤낮으로 퍼붓는 빗줄기 오락가락 중에
난데없는 태풍이 몇 차례 소란을 떤다
사연 많은 긴 여름 침묵에 넋을 놓은
한 빛에 어울리던 초록 동색이
갈수록 열기 잃어 눈치를 보는
만발한 웃음꽃은 초췌해져 간다
파랗게 번져 지칠 줄 모르던 떨림
남몰래 외면하는 사이 움츠러들고
녹슨 목청 돋우는 귀뚜라미 한 마리
지척의 여름 너머 성큼 가을을 알린다
좌충우돌 끝에 엉망진창 혼미해진 분별이
면벽의 어수선한 일상 만지작거릴 뿐
저만치 주춤하는 발걸음 나아가지 못하고
벌써 간 마음 산등성이 오색찬란 물들이는데
산다는 것은 새삼 눈물겨운 일이라지만
부동자세로 내달리던 날들이 사뭇 그리운
숨결의 아득함만 허공 한 자락 감돌고 있다

정남진에서

지나가다 말고 바람은
아무 일도 없었다는 듯
견고했던 자세를 바꾼다

철렁 내려앉은 탐진강 물줄기도
속으로만 아는 척 흘러가며
난데없이 가슴을 치는데

불빛은 자꾸만 숨결을 더해
한사코 날개를 나풀거린다

차마 어둠길 가지 못한 어둠 속에서도
난간에 내걸려 두둥실 솟아오르는
선량에 입후보한 어느 신인의 얼굴

오가는 차량의 무거운 시선 뒤로한 채
텅 비어 썰렁한 칠 거리 휘감아 돌아
잠시 숨 돌리던 다리 위로 방향을 튼다

저마다 한마디씩 내뱉어 술렁거리다
그제서야 진심을 알아차린 사람들이

이참에 고향발전 이뤄보겠다는
저토록 활기에 넘친
나무랄 데 없는 사람 외면하다니

끊이지 않는 아쉬움에
다음을 고르는 떨리는 손길이
머릿속을 흔들어 대는데

애끊는 빗줄기만 굵어지고 있다

이별 그 이후

나는 멀어지는 너의 뒷그림자를 보고 있었고 너는 나의 따뜻한 눈초리를 의식한 채 천천히 비틀거렸다 초점 잃은 너의 눈에서 검은 눈물이 쏟아졌고 차오르는 울음에 길이 흔들렸다 봇물 터지듯이 사정없이 흘러내린 눈물에 신발은 젖어 드는데

오가는 차량들 사이에서
힐끔 곁눈질하는 사람들

차라리 이럴 때는 이름을 지우고 얼굴을 지우고 흔적을 지우고 기억을 지우고 나를 지우고 끝내는 너마저 지워 버릴 소나기라도 한 줌 시원하게 내려 주면 붉어진 눈빛은 기세가 한풀 꺾이겠지

단 한 번도 빠짐 없이 내 편인 것 같지 않았던
재회를 기약하는 마음 아무것도 오간 데 없어
필연과 우연의 사이에서 막 빠져나오는 지금
어제와 오늘과 내일은 맞닿은 듯이 반복되고

제4부

그렇게 한결같이

나의 모습

마음속을 뒤집어 놓을 듯한
거침없는 수상한 낌새
조금도 보이지 않아
고요하게 숨죽이는 얼굴이
무엇을 생각하고 있는지
아는 사람 아직껏 아무도 없다
쉴 새 없이 무작정 흘러가 버린
삶의 한 귀퉁이 달래가며
자신만의 체면을 위해
젖은 발자국 무심결에 바라보던
셀 수 없는 떨림은 끝없이 이어지고
고개를 돌린 채 생각을 키우는
칠흑보다 짙어진 어둠이
무거운 침묵을 걷어내는데
더 높은 곳을 비추던 햇살은
눈이 먼 지나친 욕심 껴안은 채
별안간에 떠오르는 온갖 상념들을
재바르게 지우려는 듯 묵언 중이다

비밀이 하는 말

바다 깊숙이 거꾸로 누워
내 모든 것을 들여다본다
질척거린 심연을 헤어 나와
저 까마득한 높이까지
셀 수 없는 수많은 발자국
짙푸른 길목을 돌아
아침 해를 바라보며
한 발 한 발 참으로
차디찬 눈물 삼키던
거리낌 없던 햇살은
허공 어디쯤을 걷고 있는지
지나온 자리마다 드리운
문득 울컥하는 순간들이
그림자를 끌고 밀며
더는 주저앉지 않으려
비틀거리며 침묵하는
가슴 한복판 깊숙이
아득하게 가득한 꿈

드러내 보이는 방향을
잡을 수 없어
날개를 곧추세우고
가로지르던 거칠은 벌판에
한결같은 시어 하나 걸터듬어
당당히 가슴을 펴며 외칩니다
꿈과 설렘으로 탄성을 올리며
그대를 향해 들썩이게 하소서

꽃잎처럼 비가 내리고

마른하늘에서 분분히 길을 지우고
서성이다 못해 슬며시 물보라 치며
그 깊이를 몰라 가만히 내려앉는데

수심에 싸여 보이지 않던 눈동자
화들짝 놀라 창가에 바짝 서면은
함부로 했던 나뭇가지 숨 죽이며
뒷모습 한사코 뵈려 하지 않는다

차마 아무 말도 한마디 못 한 채
서둘러 날아간 이름 모를 새들이
처음 펼친 서투른 날갯짓을 보며
실없는 미소 무작정 쏟아버릴 때

이지러진 귓가의 남은 소리 때문에
모르는 척하는 발걸음 멈춰 세워
한참을 소리 없이 두들기는 빗속을
잠긴 마음 미칠 만큼 스치다가

장대 같은 억장이 무너져 내려도
이제는 고백하듯 애씌우는 애원
한마디만 기억해 달라는 적막 위로

후두둑 떨어지는 꽃잎처럼
무심결에 하루치 비가 내리고

어느새 가을

안성맞춤 들려오는 풀벌레 울음소리
이렇듯 절묘하게 되풀이되는 것인가

꼼짝없이 와서 중심에 내려놓은 채
지축을 뜨겁게 달구던 햇무리가
풀무질하다 만 맨몸뚱이로
불콰하게 익은 들녘을 따라가는 사이
어쩔 줄 모르는 나무들의 등줄기에
슬그머니 파고드는 산들바람이여

수그러지던 늦더위 이슬에 젖어
멀리서 보면 보일 듯 말 듯 한
저 아래 나뭇잎들은 아직 짙은 초록
손에 잡힐 듯 하늘 가까운
해 질 녘의 노을에 안겨
봉우리는 어느새 오색 빛깔
골짜기 타고 살랑살랑 내려오며
온 산 물들이는 현란한 손놀림을 보아라

죽을 것처럼 눈물겹던 아픔을 죄며
이제나저제나 낯선 유혹 앞에서
마음을 스스로 추슬러야 하는 것인 양
하루가 다르다고 햇살은 기력이 기울어
멋쩍은 나무들 소리 맞춰 수런거린다

저토록 제 속을 비우면서
먼발치로만 서걱거리는
아. 가을은 스스로 타오르고 있는가

꽃은

처음은
햇살의 간지럼에
입 꾹 다물다가

바람의 유혹에 안겨
눈 맞추며
말을 튼 지 어느 날

제 몸을
어쩌지 못하고
가만가만히

겹겹이 웃으며
세상 밖으로
향기를 풀어 놓는다

봄을 담아 나르다

닫혔던 열기가 고개를 돌리어
벌물 켜듯 땅속을 밀어젖힌다

기력 잃어만 가는 지상의 추위
풀어지려는 순간 내지르는 함성

소용돌이치는 고요속으로 돋아
의연한 햇살을 쓰다듬으며 간다

순수를 닮은 희열을 아로새긴 모습
저마다 물고 혼절하는 생동의 날에

한 줄기 맑은 머뭇거림도 없이
텅 빈 허공의 아름다운 눈길은

가만히 두근거리며 침묵하던 숨결에
벅찬 보랏빛 마음을 온몸으로 담는다

제철을 만나다

우산을 펼쳐 들자
쏟아져 내리는 비
움켜쥔 물방울의
속마음 알 길 없어

내 안의 창가에서
무작정 기다리다
속삭이는 소리
알려질까 봐

벗은 나무들이
목을 축이며
흔들어 대는
나뭇가지 껴안아

이끄는 옷자락에
초록 풀어헤쳐
그늘진 산모퉁이

들썩이며 맴돌 때

햇살이 환하게
바라다본 먼 산
어린 싹의 꼬막손이
아지랑이 무동 타면

저마다 빛깔로
환해진 꽃들이
눈인사 나누며
나들이 가잔다

능소화

꽃눈을 열어 그대 향하는
하늘 같은 마음 마냥 부끄러움에
이슥도록 싱긋한 그리움에 젖는다
오시려는 발자국 소리
그대로 지나칠까 귀를 세우고
행여나 놓칠세라 애 태우며
초조한 가슴 살그머니 풀어놓는다
푸른 신록의 어깨를 짚고
자신의 꿈 소중히 간직하던
그윽한 자태 바람결에 다가와
불 같은 정염에 불쑥 빠져 버린
오롯이 하나밖에 없는 사랑
그리워할 사람이 있다는 것은
기다리는 것뿐 어쩔 도리가 없어
죽을 만큼 그리워하다가
기다림에 지쳐 그만 통째로
제 몸 뚝 떨어뜨리는 단아한 모습
사랑은 이토록 아픈 것인가 보다

소리 내어 읽다

결박을 짓는 어둠을 인내하려는
격정에 갇힌 위태로운 불빛이
한 치 앞에서 무자맥질 친다

마음의 눈이 밝은 사람들이
힘내어라 서로 북돋우는 소리
역동의 맥박처럼 힘차게 뛰어

흔들리는 기폭 아래 머무르기
힘겨워 보이는 애틋한 순간마저
고단한 숨결을 가쁘게 고르는
이루 다 말할 수 없이 어설프게
청승궂은 동작들이 펼쳐질지라도

잃어버린 침묵을 침묵하면서
어느 오래된 외로운 광장에서
바람처럼 흩어지는 아릿한 적막을
슬픔 때문에 결코 포기하지는 말자

그렇게 한결같이

가까이에서 흔들린다

잦아드는 바람의 기척에
무연히 매달려 있는 모든 것
부끄럼 없이 자꾸만 흔들린다

날마다 오는 낯익은 아침을 열어
고독한 사람들의 주름진 이마 위로

푸르게 번지던 어느 날의

그지없이 환해진 넉넉한 모습
은밀하게 간직하고 싶었던

봄날같이 여린 사랑 그리워서
그칠 새 없는 노래 커다랗게 부르면

허공 가득히 다시 바람은 일고

햇살 쓸려 가는 소리 요란스럽다

내딛는 날들이 매 순간 웃을 수 있게
잃어버린 꿈 찾아 걸음을 재촉하여

소슬한 평원에 치솟는 깃발처럼
불어다오 바람아 그렇게 한결같이

허공을 담다

아득히 쓸쓸한 광야에

식음을 전폐한 도마뱀

날뛰는 하루살이 겨냥

죽기 살기로 까무러쳐

몸을 날리어 솟구친다

바람 가르며 빗나가는

울림이 없는 아우성이

헛발질을 알리고 있다

다시 긴장하는 평상심

생존

두 귀 쫑긋한 채
갑옷 입은 코뿔소

저만치서 망보던 악어
힘차게 물살을 가른다

강한 자만 살아남는다는
약육강식의 자연법칙이

허공 가득 울려 퍼지며
한발 늦게 찾아온 후회

나보다 더 큰 힘
너에게 있었구나

아무 일 없었다는 듯이
또다시 팽팽하게
전두리에 숨어드는 고요

터미널에서

노인 인구 많다는 남쪽 바닷가
속 깊은 시외버스 터미널에는
세월 바쳐서 아들딸 키워 온
곰삭은 사람들로 꽉 차 있다

좁고 낮은 가장자리 맴돌던
청춘을 짊어진 새내기들이
꿈 많은 풋풋한 바람 타고
분주히 흩어져 떠나간 뒤로
파도처럼 밀려오는 차창에
기다림의 먹먹함 어른거린다

끊긴 소식 하염없이 낚아채듯
개표소 안 오고 가는 젊은이를
애처롭게 바라보는 노인네들이
가슴속 아픈 응어리 보듬는 동안

말없이 숨겨놓은 지난날 사연

가녀린 얼굴 타고 흘러내려
주름진 가슴 가득 채우는데
모진 풍상 거슬러 견뎌낸 세월
애지중지 어떻게 키운 자식인데
아무 탈 없이 지낼 것만 같아

차라리 무소식이 희소식인 게야
할 수 있는 일은 기다리는 것뿐
등 굽은 아내의 손을 꼭 잡으며
깊어가는 하루 마침내 내려놓는다
내일은 기쁜 소식 오겠지 빌어 보며
터벅터벅 쓸쓸하게 걸어가는 노부부

상심한 듯이 들고나는 바람에
언젠가 우리 모두의 자화상인 양
썰물처럼 텅 비어 숙연해지는 마음
저만치 저물어가는 쓸쓸한 길에
젖은 노을이 고개를 떨구고 있다

시름없는 생각에 잠겨

밤새 울어 대는 바람에
뒤척이던 울적한 마음
바스라질 듯 움켜쥐고

한 생각이 떠올라 지나가는
허공의 위태로운 가장자리
맴돌다 주춤하는 발끝걸음

미로를 지우는 어둠 좇아
또 다른 생각이 다가와서
불면의 늪 허우적거리는데

가 본 적 없는 내일을 안은
눈가에 번지는 젖은 숨소리에
어지러운 새벽이 흔들리고 있다

외톨이가 된 구두

굳은살 박인 뒤꿈치를 들어
하나같이 출근길에 신었던
등 구부린 채 우두커니
잊혀져 가는 구석진 신발장에
먼지만 덕지덕지 쌓여 있다

반짝이는 눈을 뜨고
정갈하게 집 나서는
멋스러운 하루의 출발
소소한 통념이 깨어질까 봐
사방에 흩어 놓은 고단한 흔적들

꼭두새벽부터 아랑곳없던
부르튼 발바닥 비벼 대며
내달리다 밀려가는 빙판 길에
홀로 남겨진 무수한 순간들이
언제 그랬냐는 듯 멀어질수록

가슴에 남아 질척거릴 줄이야

어둠 속에서 휘청거린 날들이
목이 메인 채로 잠든 밤을 깨워
무심결에 먼빛으로 멀어져 간다

고사리 같은 손으로 정성을 담아
배웅해 주던 정감 어린 눈망울의
생생한 몸짓들이 엊그제 같은데
힘없이 늘어져 한 자리 차지한
혼돈의 시간은 실의에 빠져

다시 못 올 기다림의 그 시절
한여름 땡볕 속 굽이 닳도록
가쁜 숨 고르며 흘린 땀방울
밤늦도록 제 홀로 미안해하며
발에 밟힌 구두코 손보아 세운다

저마다의 모양도 제각각인
지금은 다양화된 개성의 시대

어쩌다 기껏 한두 번 찾는
너를 이렇게 모른 체하다니
어쩔 수 없는 변명만 늘어놓은
미안하단 말만 되풀이하고 있다

모순에 빠진 착각

생각을 모아 생각을 하고 또다시 생각을 해 보아도 오갈 데 없는 곳까지 이를 수 있는 알 수 없는 기막힌 생각은 한사코 떠오르지 않았다

처음부터 믿을 수가 없어 숨길 수밖에 없었던 덫에 빠진 내면의 부끄러운 비밀처럼 황당한 허구들이 절묘하게 자리하고 있었음에도 불구하고 이따금씩 눈 안에 드리운 마음은 창과 방패로 맞부딪치며 허우적거리는 제 꿈을 향해 아무렇지도 않게 속을 태우는데

이 세상 모든 사람들이 깎아지른 벼랑에서 욕심 사나운 몸뚱이를 끌어안고 오늘과 내일의 무게 가늠해 보는 옮기면 옮길수록 작아지는 걸음의 소리가 자기모순의 서로 다른 서글픈 현실과 겹쳐지는 거리낌 없는 자막대기에 경이로운 사건이 일어날 낌새는 더 이상 눈곱만큼도 보이지 않았다

제5부

고독한 용기

시인

어디를 보아도 정겹다
흔들릴 때 보면 더욱 새롭다
이 세상 얽매임을 헤쳐 나온
마음 다 비운 종지기처럼
잠 못 이루는 목마에 앉아
그칠 줄 모르는 순수를 향하여
사무치게 아득한 청초한 모습
영혼을 달래며 다가서는데
날마다 보아도 정갈스럽다
한참을 설레어 자꾸 걸으면
홀로 눈 밝히며 멈춰선 적이
어느 때 있었던가 도리질 친다
적요의 시간들이 맨발인 채로
작은 들길 바라다보는 빈자리에
피할 수 없는 정해진 운명처럼
새벽이 올 때까지 습작에 들다가
굽이쳐 흐르는 뒤란의 문으로
피안에 드는 듯이 하늘을 본다

혼자만의 생각

그렇게 살아야 했었다

휘청거리는 중심을 잡으려고
옆까지 볼 겨를이 없었다

앞만 보고 달려온 세월이

어쩔 줄 몰라 허덕지덕
어떻게 흘러간 것인지

순식간에 가슴이 꽉 막혀온다

나만 그렇게 살아온 것이 아니었다고
지금쯤 고래등만 한 커다란 집주인은
되었어야 마땅하다 누군가 소리치면

할 말이 없어 고개 숙인 파열음은
엇그제인 듯 울컥울컥 쇳소리를 낸다

한 시간 일찍 일어나
한 시간 늦게 잠들었다는
지새우는 사람들의 혼잣소리

헤집어 흩뜨려서 잡아채는데
잃어버렸던 무거운 발걸음은
부질없는 넋두리만 늘어놓고 있다

언덕에 서서

제 몸 불태우다 해 질 녘엔
눈물 그렁그렁한 지평 아래로
고요에 잠기는 눈부신 햇살이

한때의 탄성을 되삼키며
입버릇처럼 베어 무는 순간에

오래전에 사그라져 보이지 않는
침묵 속에 숨어든 마음 돌리어
무변의 길 위로 사라지는데

딴전을 벌이며 조용히 가리키는
설 곳조차 없는 믿음마저 잃어버려
구부러진 무릎을 일으켜 세운다

펼쳐진 세상 어디에도 없는
한낮의 꿈속으로 몸을 누인 채
남루한 목소리 머무는 바람 끝에서

이상을 좇는 외로운 사람들이
마음 안팎으로 감당할 수 없는
누군가 몰아쉬는 가쁜 숨 속으로

두 날개를 펴고 제 갈 길을 찾아
그 가녀린 날들을 내던지고 있다

비로소

지평보다 낮은 곳에서
하늘의 높이에 닿으려고
붉어지는 가슴 꿈틀거린다
저토록 찬란한 빛깔로
밝아 오는 아침 마중하는
꾸밈없이 소박한 모습
마음 다하여 기다린 듯이
젖은 꿈을 꾸짖어 주며
또 하루가 열리는 순간
먼발치에서 산들이 다가와
불현듯 갖가지 상념에 잠긴다
믿음이 없는 곳엔 후회뿐인
흔들리는 마음 깨어 있자고
중심 잡은 두 발 들어 올릴 때
얽혔다 풀어지는 먼산바라기
약속처럼 환해지는 동녘에 핀
한 움큼 햇살의 눈매가 선하다

쳇바퀴 돌 듯

지도가 가리켜 준 어제 갔던 그 길을
오늘도 거침새 없이 서둘러 간다
버스를 타고 지하철로 달려서
무수한 날들 가다 서다 하다 보면
정신을 빼어 옆구리에 찬 얼굴로
제시간 도착을 지나칠 뻔하여
그럴 때마다 상사의 긴 눈초리
성화를 내며 깊은 한숨 몰아쉰다
마음을 달래어 작은 미소로
다음은 절대로 늦지 않겠습니다
목청 떨어지도록 큰 소리 복창하면서
미안해지는 얼굴은 정말 겸연쩍습니다
오가는 사람들 힐끔 쳐다보지도 않는데
속으로 속으로만 줄곧 읽어 내려가는
혼잣소리 힘주어 어깨 들썩거려진다
열어젖힌 길에 두 발을 힘겹게 얹어
다 괜찮아질 거야 스스로를 위로하며
멈출 수 없는 걸음 잠자코 재촉해야겠다

놀이터에는 어린이가 없다

유년 시절 왁자지껄 뛰어놀던
추억이 서려 있는 놀이터에는
어린이가 보이지 않는다
맑고 순수한 해맑은 모습
마음만큼 뛰어놀아야 할 텐데
책 속에 머리를 묻어 버리고
공부 잘하는 기막힌 묘안
자나 깨나 노심초사 중이다
물샐틈없는 삼엄한 경계 속
놀이기구들은 열중쉬어
한없이 무료하고 지루하다
간혹 오가는 어린이 반갑지만
보습 학원 가는 지름길이 되었다
빈 의자에 앉아 있는 노인장 몇 사람
햇살과 얘기하다 그만 졸음에 겨워
심심하던 바람은 미안한 듯이
주춤주춤 머뭇머뭇 지나쳐 간다
체력은 국력이라는 요샛말은

힘을 잃은 지 오래된 이야기
태어나자마자 숨 가쁘게 도착한
대학수학능력시험 고득점이라는
절체절명의 목표를 목에 걸고
전전긍긍하는 가엾은 번민에
세월도 넋이 나간 듯이 망연한
지금 놀이터에는 어린이는 없고
아이가 되어 버린 늙으신네가 있다

삼복더위

무한의 열기가 거리를 휘몰아
기웃거리며 이글거리는 모습
얼마만큼 견디는가 시험에 들어
마른하늘 날벼락 같은
한 줄금 청량한 소낙비 들먹이게 한다

거칠어진 태양 아래 검게 그을린
어떠한 표정도 아랑곳 안 한 채
가부좌에 드는 무아의 경지처럼
한사코 바람을 불러 세우지만

순간에 기별 오가기는 묘연한지
가쁘게 스친 숨결 보이지도 않아
불볕의 미혹을 벗어나기 위해서

아무래도 젖은 몸뚱어리 그대로
더위를 팔아 더위를 식혀야겠다

처서 그 즈음

영속하는 순간은 없는 걸까
뜨거운 하늘이 스러져 간다

나무와 풀들이 커짐을 멈추고
일제히 여럿 고개 수그러진다

저마다 떠나갈 때가 되면
끄는 힘 한껍에 잃는구나

귀뚜라미 등을 타고 오는
아침저녁 신선한 바람에

아직 다 울지 못한 매미가
목청껏 애간장을 태우는데

창끝 무디어진 눈치꾸러기 모기
도망치는 여름을 뒤따르고 있다

날 저물어 어두워진 뒤에

창 너머 어스름 속에 묻혀
반쯤은 산허리 너머로
노을이 저물어 갈 때

채우지 못한 한나절 생각이
고단한 그늘에 홀로 숨어
가랑없이 숨 몰아쉰다

허공에 몸을 둔 채로
메마른 가슴 비벼 대며
눈앞 펼쳐지는 한 뼘 높이

끝없는 허기로 제 몸 달래는
바다처럼 깊어 가는 갈망에
화들짝 놀라 움츠러드는데

아득한 바람 송두리째 끌어안고
희미한 열기로 밤새 불 밝히던

수렁 깊은 세상 밖 멀어져 가고

거칠어 무디어진 왜소한 껍데기만
남겨진 꿈을 감돌다 뒤돌아 잠드는
설핏한 마음속으로 숨어들고 있다

다짐을 두다

정적을 깨뜨리며 가시나요

구성진 사람들의 애잔한 가락이
뒤척이는 빗속으로 파고 든다

약속도 없었는데 누군가 부르는 소리에
어리둥절해 한참을 두리번거려도

따라오던 빗방울 바짓가랑이 걷어들어
제 가던 길을 실없이 재촉한다

더하여 거세지는 빗줄기 바람을 때려
몸뚱어리 반쯤은 젖은 지 어느새 오래
어디라 없이 곳곳이 빗속에 온통 잠겼다

갈 수 있는 길마저 더 갈 수 없는
지나쳐 버린 뒤안길 오르내리며
몰아쉬는 가쁜 숨결에 서리는 회한

늦지는 않았을까 이제라도
돌이킬 수 없어 뒷걸음질치고 싶은

그때 그 시절 어리석은 집념 속으로
함부로 가지 않는 것은 아직 낯설어서

부끄럼 많은 꿈 하나 흔들리기 때문이다

낯선 풍경

얼굴을 반쯤 가린 사람들이
이를 데 없이 무표정하게 걸어간다
허겁지겁 옷소매로 입을 가리고
들릴 듯 말 듯한 소리로 주고받는
겁먹은 언어들이 입가에서 서성이는데
간지럽히는 기침 소리 나올라치면
번개 치듯 자취를 감춰야 한다
한때는 반나절 넘도록 줄을 서서
달랑 두 장의 마스크 살 때도 있었지요
두려운 마음으로 사람과의 거리를
최대한 넓히면서 바라볼 수밖에 없어
집집마다 높은 벽 더 높이 두른다
움켜잡은 맨얼굴 꽁꽁 붙들어 맨 채
새로운 생활 시작해야 하는 것인 양
자신만의 공간에서 이겨 내야 할 코로나19
열꽃 하나 피지 못해 누렇게 바랜 모습들이
발걸음 머무적거리는 고르지 못한 숨소리로
쓸쓸한 일상의 불편을 울컥 쏟아내고 있다

간절함으로

부동산 중개사무소 유리창에
빼곡히 얼굴 내미는 매물정보
비밀스레 뚫어져라 살펴보던
귀밑머리 마주 푼 젊은 부부
아무리 헤아려 봐도 부족한
작은 주머니를 만지작거리며
머뭇머뭇 방향을 못 잡는다
저 멀리 불 꺼진 뒤안길에
풀 죽은 발걸음 휘청거리며
어렴풋하게 멀어지는 뒷모습
지켜보던 가슴 깊숙한 곳에서
새어 나오는 한숨 꾹꾹 누른 채
바둥거리는 집 한 채 바라다본다
찾아 헤매 온 길이 어떠하였는지
세상 멋몰라 해맑게 웃고 있는
유모차에 실린 아기의 모습이
무엇을 알아차렸을까 어디로든
가야만 하는 바람처럼 스쳐 가는데

소소한 이야기

어떤 사람은 복에 겨워
호박이 넝쿨째 굴러들고

어느 누구는 지지리도 못나
이승의 개똥밭에서 구르고

한 공간 다른 길을 간다

그 심정 겪어보지 못했으니
서로가 알리야 있겠느냐마는

수수께끼 같은 세월에
숨 가쁜 저마다의 발걸음

어디라 없이 헤매고 있는지

도착할 곳이 똑같다는 것을
제아무리 외쳐봐도 사람들은

눈앞 이익에 사로잡혀
기나긴 세월 등돌리며 간다

떵떵거리며 웃는 사람아
무너지는 것 한순간이다

가슴 저미며 싫은 사람아
비에 젖는 것 두려워 마라

저만치 햇살이 다가오고 있다

매 순간 새롭게

약해져 가는 마음 떨쳐버리려고
힘 실어 걷는 다짐의 걸음걸음
굽이쳐 내리는 고갯길 넘으면
가슴 확 트여오는 서늘함에
끝이 없는 산들이 하나 둘씩
만나는 길과 한 몸이 된다
기슭 넘어 불어오는 바람
보일 듯 드러내지도 않은
작은 산이 큰 산 너머로
오르락내리락 품에 안겨
깊은 일렁임 느끼며 간다
하늘은 자꾸만 멀어지는데
발걸음 갈수록 휘청거리고
순박한 눈길이 숨을 죽이며
그윽한 고요로 돌아 나가는
꼭짓점을 밟은 한참 후에야
부풀어 오른 발바닥의 물집이
들켜버린 한 발짝을 들여다본다

숨겨 놓은 생각을 읽을 수가 없어
저를 낮추며 걸어가야 했던 길을
그렇게 발버둥치며 왔었나 보다
쫓기듯 달음질치던 삶 새김질하며
올라온 길 따라 내려가는 무거운
천근과 같은 육신을 끌면서 간다
발 아래 제 키를 감추는 노을이
눈시울 붉히며 어둠을 붙잡고 있다
묵은 때까지 버려야 떠오른다는 것을
알아차린 듯이 마침내 고개 끄덕이면서

오늘

하루가 지나면 내일로 가고
흘러서 내일은 한살이 된다

넉넉한 미소 오늘에 더하면
영혼은 꽃향기에 취하여
언제까지나 봄날일 것 같은데

추레한 채 눈물 서성대면
말라붙은 권태로 눌러앉아
모래사막에서도 녹지 않을
하얀 소금꽃만 피울 것 같다

마음자리 올지게 잇는 이 순간
어쩌다가 그 옛날 생을 마감하고
흙으로 돌아간 사람들이 미처 보지 못한
내 삶의 마지막 날인 것처럼
결코 헛되이 보낼 수 없는
소중한 하루가 아니련가 싶다

고독한 용기

저마다의 삶에는 꽃봉오리와 같은 극적인 순간에 하늘 높은 줄 모르고 천방지축 함부로 날뛰던 용기가 머물던 눈부신 공간이 있었다 두 손을 모으는 차가워진 손으로 밤을 더듬어 한 발 한 발 참으로 더 깜깜한 어둠 속으로 나아가는 사람아 다시는 오지 못할 꽃봉오리 시절 생각하며 비장한 각오로 넓은 세상을 보아라 언젠가 조금은 더 유연해진 세월의 기억나지 않는 기억을 쓰다듬으며 마치 한 시절의 영웅처럼 수많은 청중의 박수를 받으며 아무도 없는 드넓은 광장에서 무용담을 이야기하는 고독한 용기를 가져보자 한참을 가다 뒤돌아보면 무언의 글자들이 이름도 없이 흙으로 가는 떠남은 떠남이 아니라는 듯이 손사래 치는 이다음에 다시 만나 그때 이름 석 자 밝히자고 다짐하는 이해할 수 없는 선한 눈길로 경계의 벽을 허물어 알 수 없는 머나먼 날들을 지나가 보자 마치 정해진 운명처럼

한성근의 시세계

존재와 관계양식의 영성적 상상력

—제3시집 《바람의 길》의 세계

유한근

존재와 관계양식의 영성적 상상력
—제3시집 《바람의 길》의 세계

유한근

1. 바람의 속성, 그 아이덴티티

한성근 시인은 분명 '바람을 닮은 시인'이다. 필자는 그의 첫 시집 《발자국》의 시 해설 〈'길'과 '바람'처럼 열려 있는 시의 지평〉에서 시인의 삶에 대한 모티프로서 바람을 탐색했고, 그의 제2시집 《부모님 전 상서》에서도 이를 증명하기 위해서 '바람의 끝'이 무엇이며 이것이 그의 시 쓰기 행위와 어떤 관계가 있는가를 살펴봤다. 특히 시 〈바람의 끝에서 시를 쓴다〉에서 자신의 현존재를 바람으로 인식하는 시인의 화두를 탐색하기도 했다.

이에 따라 이번의 제3시집 《바람의 길》에서도 이런 맥락에서 우선 그의 시세계에 접근하려 한다. 바람의 정체성을 화두로 삼은 표제시 〈바람의 길〉부터 우선 살펴야 할 것이다.

나는 지금 어디쯤을 걷고 있는 것일까//조금은 헐거워진 시간의 한 모퉁이에서/누구도 가보지 못한 날들을 본 것처럼//언제나 없이 행간을 읽어 내려가는/거침새 없는 작은 꿈 떠올려 보며/벌판에 홀로 남겨진 듯이 서 있다//기억의 내면이 뚜렷하게 기록해 둔/내가 없는 날들의 위태로운 모습을/이렇게밖에 생각할 수 없다는 것은//너무 낯설어 이르지 못해 분별없어진/찰나의 나락에서 차라리 숨을 고르자//어디가 시작이고 끝인 줄 몰라 가뭇없어진/수많은 숲 속 나무들의 틈바구니 사이로//쉼 없이 빠르게 가는 것들을 두려워하며/언젠가는 평행한 두 선이 한 점에서 만나는/가던 길 마음 놓고 마음 붙여 가 봐야 할 텐데//살아온 날들 뒤로한 채 한 걸음 나아가서/다가갈수록 까마득히 자꾸만 멀어져가는/상앗대질하며 날 세우는 손가락이 없고//불행히도 변명만 하는 양심도 없으니/한바탕 뛰놀다 가는 것이 아니라면/길이 흔들릴 때마다 두 손 꼭 잡고서//넘어진 몸을 일으켜 앞에 세우고/길에서 길을 물으며 바람의 길을/날마다 여는 수밖에/어찌할 별난 도리가 없을 듯싶다

—시 〈바람의 길〉 전문(*연갈이 필자 조정)

이 시를 읽으면 우리가 우선 풀어야 할 화두가 있다. 그리고 전제할 사항이 있다. 그것은 시적 화자인 시인이 바람과 등가치임을 전제로 하고 의혹을 가지게 되는 화두이다. 시인의 "헐거워진 시간의 한 모퉁이"는 무엇이며, 시인이 본 것

처럼 말하고 있는 "누구도 가보지 못한 날들"은 어떤 것들인가? "벌판에 홀로 남겨진 듯이 서 있"으며 떠올리는 시인의 "거침새 없는 작은 꿈"은 무엇인가? 이 화두는 이 시집을 다 읽고 바람 속으로 들어갔을 때 풀릴 것이다. 그러나 이 시의 결말부분에서 시인은 "길이 흔들릴 때마다 두 손 꼭 잡고서//넘어진 몸을 일으켜 앞에 세우고/길에서 길을 물으며 바람의 길을/날마다 여는 수밖에 /어찌할 별난 도리가 없을 듯싶다"는 오늘의 결론(?)에 주목해야 할 것이다. 잉게보르크 바하만은 〈만하탄의 선신〉에서 "오늘의 결론은 결론이 아니다. 결론을 내릴 수 있는 사람은 자살자에게 한한다"라고 말한 바 있다. 이 말이 의미하는 것은 그 누구도 자신의 삶에 대해서조차도 결론을 내릴 수 없다는 말이며, 진리의 역동성 혹은 유동성을 의미하는 것으로 진리에 대한 모반을 유도한다. 그럼에도 불구하고 우리는 수시로 소결론이라도 내리고 살아야 한다.

한성근 시의 "헐거워진 시간의 한 모퉁이" "누구도 가보지 못한 날"이 설령 선험적 죽음의 시간과 공간을 의미한다고 해도 그것이라는 결론을 내릴 수밖에 없는 것이 '바람의 속성' 때문이다. 시 〈시름없는 생각에 잠겨〉의 서정적 자아가 "가 본 적 없는 내일을 안은/눈가에 번지는 젖은 숨소리에/어지러운 새벽이 흔들리고 있다"(마지막 4연)라는 감각적인 표현도 그것 때문이다. 그래서 시 〈여미는 옷깃〉에서의 "……/어느 때쯤일지 알 수 없지만/저물어 가는 길에 환한 얼굴로/

바람의 손을 덥석 잡을 수 있을까//두 눈은/떨리는 가슴의/남겨진 시간을 부여잡고//마음은/그리움의 끝을/알리고 있을지 궁금해진다//정중하게 머리를 조아리며//살아가는 이유 읊어 보아야겠다"라는 마음을 갖게 되는 것이다.

그러나 손을 덥석 잡는 것은 바람만 있는 것은 아니다. 시 〈바람살〉에서 보여주고 있는 "지상의 유리창 두들겨 박살을 내고/뿌리째 뽑은 나무로 난장판"을 치는 태풍 같은 '바람살', 그 바람은 찬 기운의 센 바람으로 "거리낌 없는 거칠 일이 사무치도록/베풀어 주는 자비지심 찾을 길 없"는 바람이다. 그러나 그 바람살도 "무섭도록 거대한 태양이 햇살을 일렁"이면 "비로소 가벼워진 마음이 일상에 서 있"게 된다.

또한 시 〈하마터면 잊을 뻔한〉에서처럼 "시간이 흐를수록 생각은 늘어만 가고/깨달음 구하는 깊어가는 번민에/말할 수 없는 무거운 충격이" 오는 것이고, "진정 어린 삶은 매순간 옷깃을 여미는 것/술렁이던 적막이 일순 왔던 길을 지우면/그만하면 되었을까 환하게 웃는 빈 하늘"이 되는 것이리라.

밤새 무슨 일이 있었습니까

마치 천 길 낭떠러지 끝에서
미친 망나니처럼 길길이 날뛰다가

육중한 몸집 키우며 멀어져 간 바람이
어디쯤 제풀에 지쳐 널브러져 있는지
잠시도 시름 놓을 수 없어 좌불안석

돌고 돌아 제 힘껏 스스로를 내팽개치던
위태로운 모습 선연한 일그러진 허공에서
입술을 깨물며 날려 보내는 마지막 꿈을
넋 놓고 바라보던 부지기수의 사람들이

간밤을 기억하는 알 수 없는 순간들의
혀 꼬부라진 소리에 귀 기울이는데
티끌 하나 없이 밝아 오는 아침으로
거대한 해가 용솟음치며 떠오르면

더는 묻지 않으려는 심기 불편한
두려움의 행적들이 변명도 없이
언제 그랬냐는 듯 멈추어 서고

기억된 두려움을 생각하면 할수록
바람은 두려움을 다급히 몰아내며

밤새 아무 일도 없었습니다

—시 〈바람의 행방〉 전문

위 시에서 “마치 천 길 낭떠러지 끝에서/미친 망나니처럼 길길이 날뛰다가//육중한 몸집 키우며 멀어져 간 바람”은 태풍과 같은 바람이다. 밤새도록 강하게 불다가 아침이 되면

"언제 그랬냐는 듯 멈"추는 바람, 그 바람의 행방을 이 시는 모티프로 한다. 그러나 사람들은 태풍이 지나갔을 때 그 바람의 행방을 궁금하기보다는 '밤새 무슨 일이 없었는가'에 관심을 갖다가 '밤새 아무 일도 없'음을 알면 바람의 행방을 더는 묻지 않는다. 그것을 시인은 "더는 묻지 않으려는 심기 불편한/두려움의 행적들이 변명도 없이/언제 그랬냐는 듯 멈추어 서고//기억된 두려움을 생각하면 할수록/바람은 두려움을 다급히 몰아내며//밤새 아무 일도 없었습니다"라고 말하며 안심한다. 바람의 행방은 중요하지 않다. 자신의 안위만 남고 바람의 행방은 남지 않는다. 우리의 관계적 삶이 그러함을 상징하고 있는 셈이다.

①펼쳐진 세상 어디에도 없는
한낮의 꿈속으로 몸을 누인 채
남루한 목소리 머무는 바람 끝에서

—시 〈언덕에 서서〉에서

②제 몸의 무게를 내려놓고 몸져누워 버린
잔생이 말 안 듣는 무언가를 부정하며
질곡의 신음소리 쏟아내고 있었다
대체 바람은 어디로 가려는 참이었을까

—시 〈밤을 패다〉에서

③추수를 끝낸 사연이 하도 많아서
더욱 쓸쓸해 보이는 허수아비처럼

말이 없어진 텅 빈 들판의 고요
조금 멀리서 바람이 다가오다 그만
얼기설기 뒤엉킨 속내를 내려놓는다

—시 〈가을이 다 갈 무렵〉에서

①의 "남루한 목소리 머무는 바람"은 "이상을 좇는 외로운 사람들이/마음 안팎으로 감당할 수 없"어 "몰아쉬는 가쁜 숨"을 쉬는 바람이다. ②의 "제 몸의 무게를 내려놓고 몸져 누워 버린/잔생이 말 안 듣는 무언가를 부정하며/질곡의 신음소리 쏟아내"는 바람은 "고적한 날들도 이제 끝이 나려는가/한 번도 본 적 없는 바람의/반쯤 감은 눈에 길을 묻는/썰렁해서 슬픈 아침이 분분"한 바람이다. 그리고 ③의 "텅 빈 들판의 고요/조금 멀리서" 다가오는 바람은 "얼기설기 뒤엉킨 속내를 내려놓"고 가을을 떠나 겨울 속으로 들어가는 바람이다. 이렇듯 바람의 존재는 한성근 시편마다 그 정체성이 다르게 나타나지만, 시인 자신의 현존재성을 나타내는 바람이다. 과거의 족적과 현존재 그리로 미래의 존재를 환기시켜 주는, 그리고 시적 상상력을 촉발시켜 주는 존재인 셈이다. 그뿐만 아니라 바람의 속성을 통해서 인간의 존재양식과 관계양식의 양상을 상징적으로 보여준다. 그러나 중요한 것은 자기 존재를 바람 상상력으로 인식하고 있다는 점이다.

시 〈풍경소리〉 끝 구절 "하늘가에 귀를 대고 깨어 있"는 존재가 그것이다.

2. 삶과 죽음의 영성적 상상력

풍경소리는 일반적으로 사찰 처마 끝에 달려 있는 풍경風磬이 바람에 흔들려 내는 소리를 의미하지만, 신조어가 가능한 시어에서는 산, 들, 강, 바다 따위의 자연이나 지역의 모습인 풍경風景과 소리의 복합어를 의미하지는 않은지 살펴보아야 한다. 풍경이라는 시각적 이미지가 소리라는 청각적 이미지로 공감각 전이하기 위해 신조된 시어는 아닌가 하는 검토가 필요하기 때문이다. 시 〈풍경소리〉는 절 처마의 풍경風磬 소리를 의미한다.

텅 비운 듯이 꽃자리 진
고즈넉한 처마 끝에서
욕심에 젖은 얼굴 씻어 내며
눈을 뜨는 애먼 사람들이
이지러진 마음 이기지 못해
제 몸 바람결에 내맡긴다

정처 없는 곳을 헛도는
공연스러운 상념들을
무작정 인내로 감싸 주는
어머니 자장가처럼 정한 소리

까마아득한 허공 가로질러
조바심치다 먼동 틀 무렵
세파에 발가벗겨진 채로

바동거리던 길 잃은 발걸음

하늘가에 귀를 대고 깨어 있어라

—시 〈풍경소리〉 전문

이 시는 겉으로 드러나지 않고 있지만 다분히 불교적 상상력으로 쓴 시이다. 그것이 이 시를 주목하게 한다. 1연의 "텅 비운 듯이 꽃자리 진/고즈넉한 처마 끝에서/욕심에 젖은 얼굴 씻어 내며"라는 주체는 풍경風磬이다. 산사 처마에 걸려 있는 풍경의 모습을 이미지로 묘사한 부분으로, 풍경을 무無, 허虛, 그리고 무욕無慾의 표상물로 인식하고 쓴 시이기 때문이다.

그리고 그 풍경소리를 시인은 "눈을 뜨는 애먼 사람들이/이지러진 마음 이기지 못해/제 몸 바람결에 내맡긴" 소리로 인식하고 있다. 또한 한성근 시인은 2연에서 그 풍경소리를 "정처 없는 곳을 헛도는/공연스러운 상념들을/무작정 인내로 감싸 주는/어머니 자장가처럼" 맑은 소리, 깨끗한 소리, 정결한 소리로 인식하고 있다. 그리고 마지막 연에서는 "하늘가에 귀를 대고 깨어 있"는 소리로 인식한다.

시 〈적막에 들다〉와 같은 맥락의 마음밭의 시이다. "모르는 척 시나브로 노을에 물드는/어스름 내려앉은 동구 밖에서/어처구니없는 하루 일 끝마치고/고단한 몸 내던진 하루살이/온몸에 맺힌 멍울이 지지 않게/저 혼자 소슬한 별들을 홀치다가/여느 하늬바람 휘파람 소리에/천지사방 옛 추억이 몰려와/흥건하게 젖어 드는 내 마음/넋 놓은 듯 잠시 앉았다 간다”(시 〈적막에 들다〉 전문 인용)는 시정詩情과 다르지 않다. 고요하고 쓸쓸하고, 의지할 데 없이 외로운 정서, 즉 적막寂寞한 정서는 인간의 원초적 정서일 수 있다. 원형적인 인간의 정서이기도 하다. 그 정서로 인해 시인은 자신의 존재를 ‘하루살이’로 인식하지만, “소슬한 별들을 홀치다가/여느 하늬바람 휘파람 소리”까지도 자기화한다. 이는 자연과의 동화 순간이며 자기의 내면 속으로 들어가는 순간이기도 하다.

한편, 이와 달리 시 〈지금 나는〉은 자연이 아닌 사회의 한 현상을 바라면서도 내면화하는 과정에서 지난날을 소환하고 있다.

> 고개를 바짝 숙인 채
> 마루터기 오르는 손수레
> 파지가 촘촘히 누워 있다
>
> 갈 곳 잃은 침묵의 언어들이
> 허물없이 내려앉은 것 같아
>
> 슬그머니 비껴나는 척
> 걸음의 너비를 가늠해 본다
>
> 안간힘 쓰며 비틀거렸을
> 발자국에 스며 밴 사연들이

문득 깊어진 시름에 잠기어
걸어오던 길 뒤돌아보는데

정신 들이어 푸른 꿈 드리우던
지난날의 가쁜 숨결 속에서

헛디딘 발목 무심결에 감싸 안아
너무 멀리 와버린 지금에서야

붙임성 좋은 집착을 버리는
웃음기 잃은 제 모습에 놀라
에워서 돌아가는 길이 어지럽다

—시 〈지금 나는〉 전문

이 시는 파지를 실은 손수레가 마루터기를 힘겹게 오르는 모습을 보고 발상된다(1연). 그 파지들을 시인은 "갈 곳 잃은 침묵의 언어들이/허물없이 내려앉은 것 같"은 이미지로 인식하고 표현한다. 여기에서 "갈 곳 잃은 침묵의 언어들"은 시 〈몽니 궂다〉에서의 "기어이 한바탕 결판을 내려"고 "단 한 번도 지상에 온 적 없는 것처럼/닫아 둔 채 망가진 문까지 열어젖혀/참았던 분노 냅다 쏟아 붓"는 태풍의 강풍과 같은 몽니 부리는 분노의 말일 수도 있고, 시 〈공염불空念佛〉의 결말 부분에서의 "근원을 파헤치는 바람도 다소곳이/허공 밖 마음의 눈치 살피는 중인데/삶의 마지막 순간까지/제아무리 생각을 키워도/끝끝내 지켜지지 못할 것 같은/겉과 속

다른 몸짓"과도 같은 요란스러운 공염불일 수도 있다. 그러나 그것은 힘겨운 삶의 무게를 의미하는 것으로 보아도 좋을 것이다.

한편, 시 〈지금 나는〉에서 시인은 "슬그머니 비껴나는 척/걸음의 너비를 가늠해 "보는데, 그 걸음의 너비는 자신과 사회와의 거리 혹은 시인의 삶과 현실적인 삶 사이의 간격의 너비일 수도 있다. 그로 인해 시인은 시적 자아인 손수레 끄는 사람과 동일화를 꾀하면서 "안간힘 쓰며 비틀거렸을/발자국에 스며 밴 사연들"로 인해, 자신의 삶에 있어서 "문득 깊어진 시름에 잠기어/걸어오던 길 뒤돌아보는데//(……)//헛디딘 발목 무심결에 감싸 안아/너무 멀리 와버린 지금에서야" 시인은 집착을 버림으로써 웃음기를 찾는 자신과 "에워서 돌아가는 길이 어지럽다"는 사실을 깨닫는다. 이 또한 불교적 상상력으로 인해 깨닫게 되는 작은 지혜이다.

시 〈야단법석〉의 '야단법석惹端法席'의 사전적 의미는 "여러 사람이 한데 모여서 서로 다투고 떠들고 하는 시끄러운 판"을 의미한다. 이 언어는 불교에서 파생되어온 어휘로 "서로 시비의 실마리를 끌어 일으"킨다는 야단惹端과 불교용어인 법회석중法會席中의 준말인 법석法席의 복합어로 큰 스님의 설법을 듣는 엄숙한 법회法會에서 불법에 대한 해석의 차이로 논의될 하나의 일이 생겼을 때, 그것에 대해 갑론을박하는 소란스러운 모습을 '야단법석'이라고 부른 것에서 연유한다. 그런 어원이 있는 '야단법석'을 한성근 시인은 시 〈야단법석〉에서 이렇게 쓴다. "다시는 그 사람의 모습을 볼 수 없을 것"이라는 것과 실시간으로 쏟아져 나오는 "출처를 알 수 없는 셀 수 없는 소문들"이다. 그 사람의 죽음 혹은 그 사람의 행방불명 등 한 인간에 대한 소문이다. 하지만 "그 사람의 모습"은 한 인간일 수도 있지만, 하나의 사물이나 사상事象일 수도 있다. 이를 전제로 하고 이 시를 읽어보자.

아무도 모르게 허공에 손사래를 치며 그렇게 떠났다고 한다 불현듯이 수군거리는 사람들이 순식간에 늘어나고 눈에 보이는 모든 곳에서 출처를 알 수 없는 셀 수 없는 소문들이 실시간으로 쏟아지고 있다 분명한 것은 다시는 그 사람의 모습을 볼 수 없을 것이라고 이구동음으로 사방에서 시끌벅적하다 시간이 흐르면 흐를수록 세상의 기억에서 기척도 없이 멀어져가는 절묘한 우주의 섭리가 반듯하게 숨어 있을 것이라고 한다 체념하는 듯한 담담한 눈빛을 한 채 인연의 끝자락을 놓고 먼지처럼 고개를 끄덕이다 어디론가 가고 있을 것이라며 입방아를 찧어 댄다 저마다의 이름이 새겨진 관을 떠메고 가는 사람들의 마른 발바닥에서 까무러치게 놀라는 소리가 소스라치고 있다 중심을 잡을 마음이 필요하다 만장처럼 나부끼는 날개가 필요하다 한없이 오랜 천겁의 세월 동안 한순간도 흔들려본 적이 없는 허공의 커다란 심장이 여전히 제자리에서 빈 주먹을 꽉 쥐고 순간도 평정심을 잃지 않으려는 맥박 수를 재고 있다 아무 일도 없었다는 듯이

—시 〈야단법석〉 전문

이 시는 쉽지 않다. 오독의 여지가 충분하다. 그래서 디테일하게 들여다볼 필요가 있다. 오독을 줄이기 위해 혹은 오독을 새로운 시 해설의 지평으로 만들기 위해.

위의 인용시에서 보듯이 이 시의 화두는 "사방에서 시끌벅적하다 시간이 흐르면 흐를수록 세상의 기억에서 기척도 없이 멀어져가는 절묘한 우주의 섭리가 반듯하게 숨어 있을 것"이라고 이구동음으로 떠들어대는 그 '무엇'이다. 그리고 한편으로는 "체념하는 듯한 담담한 눈빛을 한 채 인연의 끝자락을 놓고 먼지처럼 고개를 끄덕이다 어디론가 가고 있을 것이라며 입방아를 찧어" 대는 존재이다. "저마다의 이름이 새겨진 관을 떠메고 가는 사람들의 마른 발바닥에서 까무러치게 놀라는 소리가 소스라치고 있"는 존재이기도 하다. 그렇다면 그 존재는 무엇인가? 구체적인 존재이기보다는 추상적인 존재로 보인다. 그 다음을 더 보면, "중심을 잡을 마음이 필요"한 것, "만장처럼 나부끼는 날개가 필요"한 것, 그것은 무엇일까? 그리고 마지막 문장인 "한없이 오랜 천겁의 세월 동안 한순간도 흔들려본 적이 없는 허공의 커다란 심장이 여전히 제자리에서 빈 주먹을 꽉 쥐고 순간도 평정심을 잃지 않으려는 맥박 수를 재고 있다 아무 일도 없었다는 듯이"가 의미하고 있는바 그것은 무엇일까? 이를 탐색하기 위해 이 시의 서두부분을 다시 보자. "아무도 모르게 허공에 손사래를 치며 그렇게 떠났다고 한다"의 주체는 무엇일까? '그 사람'은 시인만 아는 특별한 사람일 것이다. 그러나 이 시의 총체적인 이미지를 유기적으로 볼 때 그 사람은, 그 존재는 죽음과 관련된 것으로 '생명'일 수도 있다. 아니면 "체념하는 듯한 담담한 눈빛을 한 채 인연의 끝자락을 놓고 먼지처럼 고개를 끄덕이다 어디론가 가고 있을" 그 존재는 죽음일 수도 있다.

따라서 이는 삶과 죽음이라는 화두를 놓고 '야단법석'하는 우리 사회를 표상하고 있는 것으로도 볼 수 있다. "웅크리며 침묵한 채/(……)//차갑고 어두운 바람에 몸을 숨"기는 "넋 놓은 햇살"을 표현한 시 〈한순간〉에서의 인식처럼, "한 치 앞을 못 보는 어둠 속에서/빗방울끼리 뒤엉켜 뒤틀린 발목을 잡는" 시 〈장맛비〉의 존재처럼, 불가사의한 존재에 대한 탐색을 위해 부단히 정진하는 우리의 '시'가 야단법석의 화두일 수도 있다. 이렇게 필자가 "~일 수도 있다"라고 표현하는 것은 한성근의 시에 대한 오독과 다양한 해석의 가능성을 열어두기 위한 표현으로 시 해석의 속성을 환기하기 위해서이다.

3. 자아 본체에 대한 탐색

한성근 시인은 시 〈나의 모습〉에서 이렇게 표현한다. "마음속을 뒤집어 놓을 듯한/거침없는 수상한 낌새/조금도 보이지 않아/고요하게 숨죽이는 얼굴이/무엇을 생각하고 있는지/아는 사람 아직껏 아무도 없다"고 말하면서 "칠흑보다 짙어진 어둠이/무거운 침묵을 걷어내는데/더 높은 곳을 비추던 햇살은/눈이 먼 지나친 욕심 껴안은 채/별안간에 떠오르는 온갖 상념들을/재바르게 지우려는 듯 묵언 중이다"라고 노래한다. 묵언은 아무 말도 하지 않는 것을 의미한다. '묵언 중'은 불교 참선의 하나이다. 구업口業을 짓지 않고 스스로의 마음을 정화시키기 위한 목적으로 수행하는 것이 묵언수행이다. 시 〈나의 모습〉에서 이 묵언의 주체는 "더 높은 곳을 비추던 햇살"이다. 그 햇살은 시인의 이데아(Idea)다. 시인이 지향하고 있는 바 문학혼이며 에스프리이다. 시 〈시인〉에서의 마지막 구절인 "피안에 드는" 듯한 '하늘'이다. 이 시 〈시인〉은 한성근이라는 자연인으로서의 삶이 아닌, 시인으로서의 정체성과 삶의 일단一端을 표현한 시이다.

어디를 보아도 정겹다
흔들릴 때 보면 더욱 새롭다
이 세상 얽매임을 헤쳐 나온
마음 다 비운 종지기처럼
잠 못 이루는 목마에 앉아
그칠 줄 모르는 순수를 향하여
사무치게 아득한 청초한 모습
영혼을 달래며 다가서는데
날마다 보아도 정갈스럽다
한참을 설레어 자꾸 걸으면

홀로 눈 밝히며 멈춰선 적이
어느 때 있었던가 도리질 친다
적요의 시간들이 맨발인 채로
작은 들길 바라다보는 빈자리에
피할 수 없는 정해진 운명처럼
새벽이 올 때까지 습작에 들다가
굽이쳐 흐르는 뒤란의 문으로
피안에 드는 듯이 하늘을 본다

—시 〈시인〉 전문

위 시의 시적 대상은 시인이다. '시인'이라는 시적 대상을 한성근 시인은 어떻게 인식하고 있는가를 보여주는 시이다. 위의 인용시에서 보듯이 이 시의 화자는 시인을 "어디를 보아도 정겹다/흔들릴 때 보면 더욱 새롭다"라고 인식한다. 기존의 서정시는 인간의 보편적 정서를 노래하고 있기 때문에 정겹고, 기존의 서정시를 전복시키고 새로운 시적 모색을 할 때 그 시는 새롭다라는 의미와 상통한다. 계승과 변혁을 한 몸으로 인식하고 있는 것으로 보아도 좋을 것이다.

그리고 한성근 시인은 '시인'이라는 존재를 "잠 못 이루는 목마에 앉아/그칠 줄 모르는 순수를 향하여/사무치게 아득한 청초한 모습", 영혼을 달래 "날마다 보아도 정갈"한 청결한 영혼의 소유자로 인식한다. 그러나 "적요의 시간들이 맨발인 채로/작은 들길 바라다보는 빈자리에/피할 수 없는 정해진 운명처럼/새벽이 올 때까지 습작에 들다가/굽이쳐 흐르는 뒤란의 문으로/피안에 드는 듯이 하늘을" 바라보는, 밤새 동안 깨어 있는 외로운 단독자 존재로 인식한다. 이는 한성근 시인의 시인정신, 에스프리와 다르지 않다. 영성적 상상력으로 가능해지는 영역이다.

이와 긴밀한 연관성을 가지고 있는 시는 시 〈사무사思無邪〉이다. 생각에 삿됨이 없다는 의미의 '사무사'는 우리 모두가 알고 있듯이 공자의 《논어》 위정편의 "시경 삼백 편은 한마디로 생각에 사특함이 없다[詩三百, 一言而蔽之曰 思無邪]"에서의 '사무사'를 의미하는데, 그 의미는 윤리적 측면에서의 도덕성을 의미하기보다는 진실성, 진정성, 청결성을 의미한다. 그런 점에서 한성근의 시 〈사무사思無邪〉를 이해하고 읽어봐야 할 것이다.

> 아득히 먼 먹구름 속을 감추기 위해
> 세상에 뛰쳐나오는 어두운 얼굴
>
> 흐려진 분별이 욕심의 눈을 가려
> 나쁜 일 추호도 생각할 수 없어
>
> 허황된 실상의 면면을 살피다가
> 이따금씩 방향을 바꾸는데
>
> 시간을 거슬러 가는 몸부림에 공연히
> 딴청을 피워 그럴듯하게 꾸미는 태도

못 본 척 지켜보는 사람들이
차마 한마디 말도 하지 못한 채

마음속 파고드는 아픈 글자들을
옹이에 마디처럼 새기고 있다

—시 〈사무사思無邪〉 전문

위의 시에서 우선 주목해야 할 부분은 2연이다. "흐려진 분별이 욕심의 눈을 가려/나쁜 일 추호도 생각할 수 없어"에서 '흐려진 분별'은 분별심이 없는 것을 의미한다. 분별심 없음이 욕심을 가린다는 인식은 다분히 불교적이다. 《조주전고趙州田庫》의 일화에 의하면, 한 승려가 조주 선사를 찾아와 "분별심이 없어야 도를 얻을 수 있다고 하는데, 분별심은 무엇입니까?"라고 묻자 조주 선사는 "천상천하유아독존天上天下唯我獨尊"이라고 답하며 분별심을 꾸짖는다. 이렇게 조주 선사가 말한 이유는 이 세상에 존재하는 모든 사물은 절대적이며 모두가 지극한 도에 이를 수 있다는 의미로 분별심이 필요 없음을 설파한 것이다. 이렇듯 불교에서는 분별심을 부정한다. 그것이 경계를 만들어 도를 깨는데 방해물이라는 의식 때문이다. 개방된 사고 어떤 카테고리에도 묶이지 않은 자유의식이 분별심을 없애는 의식이다.

그리고 주목해야 할 다른 부분은 마지막 연의 "마음속 파고드는 아픈 글자들을/옹이에 마디처럼 새기고 있다"이다. 옹이 마디에 새긴 글자는 '사무사'일 것이다. 생각이 삿됨 없음을 앞서 언급한 청결한 영혼을 의미한다. 경계 없는 사유, 맑은 정신을 의미한다. 시 〈소소한 이야기〉의 결말부분에서 보여주고 있는 “떵떵거리며 웃는 사람아/무너지는 것 한순간이다//가슴 저미며 섧은 사람아/비에 젖는 것 두려워 마라//저만치 햇살이 다가오고 있다” 의미를 이해할 때 그 분별심은 스러질 것이며 경계를 허무는 바람의 속성도 이해할 수 있을 것이다. 바람은 어디에도 집착하지 않는다. 어느 공간에서도 머물기를 거부한다. 머무는 순간은 쉬는 순간이고 무심無心의 순간이다. 그래서 언제나 흔들린다. 어딘가로 떠난다. 이러한 바람의 속성을 시 〈그렇게 한결같이〉에서 다음과 같이 표현한다.

가까이에서 흔들린다

잦아드는 바람의 기척에
무연히 매달려 있는 모든 것
부끄럼 없이 자꾸만 흔들린다

날마다 오는 낯익은 아침을 열어
고독한 사람들의 주름진 이마 위로

푸르게 번지던 어느 날의

그지없이 환해진 넉넉한 모습
은밀하게 간직하고 싶었던

봄날같이 여린 사랑 그리워서
그칠 새 없는 노래 커다랗게 부르면

허공 가득히 다시 바람은 일고
햇살 쓸려 가는 소리 요란스럽다

내딛는 날들이 매 순간 웃을 수 있게
잃어버린 꿈 찾아 걸음을 재촉하여

소슬한 평원에 치솟는 깃발처럼
불어다오 바람아 그렇게 한결같이

—시 〈그렇게 한결같이〉 전문

"무연히 매달려 있는 모든 것"을 "부끄럼 없이 자꾸만 흔"드는 것은 바람이다. 그 흔들림으로 바람은 자신의 존재를 알린다. "푸르게 번지던 어느 날"은 젊은 날을 의미할 것이고 그리고 "그지없이 환해진 넉넉한 모습/은밀하게 간직하고 싶었던//봄날같이"도 그러한 젊은 날일 것이다. 그런 날 "여린 사랑 그리워서/그칠 새 없는 노래 커다랗게 부르면//허공 가득히 다시 바람은 일고/햇살 쓸려 가는 소리 요란스럽다"에서의 '다시 이는 바람'과 바람에 의해 '요란스럽게 쓸려 가는 햇살'은 "잃어버린 꿈 찾아 걸음을 재촉하"는 밝은 이미지이다. 그 바람은 젊은 날로 소환시켜주는 바람이기도 하다. 이에 따라 시인은 "소슬한 평원에 치솟는 깃발처럼/불어다오 바람아 그렇게 한결같이"라고 노래한다. 이 시에서의 바람의 역할은 웃을 수 있는 시간과 잃어버린 꿈의 공간으로 데려가 주는 상상력의 촉발기재이다.

한성근 시인의 세 번째 시집 《바람의 길》을 일별하면서 필자는 서두에 의문을 가졌다. "헐거워진 시간의 한 모퉁이"는 무엇이며, "누구도 가보지 못한 날들"은 어떤 것들인가? "벌판에 홀로 남겨진 듯이 서 있"으며 떠올리는 시인의 "거침새 없는 작은 꿈"은 무엇인가에 대한 의혹이 그것이다. 이것은 시인이 서 있는 시간과 공간에 대한 화두와 다르지 않다. 한성근 시인이 서 있는 시간, 그가 그 시간 안에서 움직이는 공간, 그곳에서의 정서들은 앞으로도 차츰 차츰 명징하게 나타날 것이다. 등단 3년차에 세 번째의 시집을 펴내는 그 시인의 열정과 인간과 삶에 대한 시적 천착은 우리가 가지고 있는 모든 의혹을 명징하게 밝혀줄 것으로 기대한다. 이제 절창이 된 시인으로서. (문학평론가)

한성근 시집

바람의 길

초판 인쇄 | 2021년 03월 01일
초판 발행 | 2021년 03월 15일

지은이 | 한성근
펴낸이 | 이노나
펴낸곳 | (주)인문엠엔비

주　소 | 서울특별시 종로구 북촌로 135
전　화 | 010-8208-6513
등　록 | 제2020-000076호
E-mail | inmoonmnb@hanmail.net

값 10,000원

ISBN 979-11-91478-00-6 04810
979-11-971014-6-5